BASTEI
LÜBBE
TASCHENBUCH

Weitere Titel des Autors:

Der heulende Müller
Das Jahr des Hasen
Die Giftköchin
Die Rache des glücklichen Mannes
Vorstandssitzung im Paradies
Der Sohn des Donnergottes
Im Wald der gehenkten Füchse
Der Sommer der lachenden Kühe
Der wunderbare Massenselbstmord
(auch als Audio erschienen)
Zehn zärtliche Kratzbürsten
Nördlich des Weltuntergangs
Im Jenseits ist die Hölle los (auch als Audio erschienen)
Ein Bär im Betstuhl
Der liebe Gott macht blau (auch als Audio erschienen)
Ein Elefant im Mückenland
Adams Pech, die Welt zu retten (auch als Audio erschienen)
Vom Himmel in die Traufe (auch als Audio erschienen)
Die wundersame Reise einer finnischen Gebetsmühle
(auch als Audio erschienen)

Titel in der Regel auch als E-Book erhältlich

Über den Autor:

Arto Paasilinna wurde 1942 in Kittilä/Lappland geboren und ist einer der populärsten Schriftsteller Finnlands. Er wird häufig als »Meister des skurrilen Humors« bezeichnet. Für seine Bücher wurde er mit einer Reihe von Literaturpreisen ausgezeichnet. Inzwischen hat er rund vierzig Romane mit großem Erfolg veröffentlicht. Viele von ihnen werden in andere Sprachen übersetzt, z. B. ins Italienische, Französische, Russische und Japanische. Arto Paasilinna hat weltweit eine große Fangemeinde, die jedes Jahr auf ein neues Buch dieses fantasiebegabten und schwarzhumorigen Autors wartet.

Arto Paasilinna

Schutzengel mit ohne Flügel

Roman

Aus dem Finnischen von
Regine Pirschel

BASTEI
LÜBBE
TASCHENBUCH

BASTEI LÜBBE TASCHENBUCH
Band 16 662

1. Auflage: Juni 2012

Dieser Titel ist auch als Hörbuch erschienen

Vollständige Taschenbuchausgabe
der bei Lübbe Ehrenwirth erschienenen Hardcoverausgabe

Bastei Lübbe Taschenbuch und Lübbe Ehrenwirth
in der Bastei Lübbe GmbH & Co. KG

Titel der finnischen Originalausgabe: »Tohelo suojelusenkeli«
Published by arrangement with WSOY, Helsinki

Titelillustration: © shutterstock / Chamille White
Umschlaggestaltung: Gisela Kullowatz
Satz: Dörlemann Satz, Lemförde
Gesetzt aus der DTL Documenta
Druck und Verarbeitung: CPI – Ebner & Spiegel, Ulm
Printed in Germany
ISBN 978-3-404-16662-6

1

SORGLOSER MÜSSIGGANG

Der Tod ist in Kuopio immer wieder eine harte Erfahrung, gerade für die lebenslustigen Savolaxer. Für den zweiundachtzigjährigen Religionslehrer Sulo Auvinen bedeutete der Tod allerdings den Beginn eines neuen, beschwingten Daseins. Bevor wir uns Sulo Auvinen und seinen himmlischen Heldentaten zuwenden, begeben wir uns zunächst in die frühlingshafte Hauptstadt.

Helsinki erlebte einen herrlichen Morgen zu Beginn des Mai. Die Sonne war bereits aufgegangen, der Park von Hietaniemi erfüllt vom Gesang der Lerchen, die hoch durch die Lüfte schwirrten. Leichten, lässigen Schrittes wanderte Aaro Korhonen in Richtung Mechelininkatu, ein zufriedenes Lächeln auf den Lippen. Er war jetzt vierzig Jahre alt und befand sich in einem Lebensabschnitt, in dem er keine Pflichten mehr hatte. Er musste nicht zur Arbeit, auch nicht nach Hause, eigentlich nirgendwohin, wenn er keine Lust dazu verspürte. Er konnte sich einfach treiben lassen. Er hatte keinen Zeitplan, wohl aber Geld. Aaro war der ehemalige Verwalter der Pellet-Fabrik von Pietarsaari, er hatte gut verdient und war ein sparsamer Mann.
Am Krematorium glitt ihm würdevoll ein schwarzer Leichenwagen entgegen. Die finnische Flagge über dem Kot-

flügel wehte auf Halbmast, ein Verstorbener befand sich also auf seiner letzten Reise. Das Fahrzeug hielt neben Aaro an. Der Fahrer kurbelte das Seitenfenster herunter und grinste, im linken Augenwinkel zuckte fröhlich und vertraut ein Muskel.

»Aaro! Ich bin's, Oskari, erinnerst du dich?«

Aaro Korhonen erinnerte sich sehr gut an Oskari Mättö, den netten Kumpel aus dem Norden, den er aus gemeinsamen Zeiten in der Armee kannte. Es war einige Jahre her, dass sie miteinander telefoniert hatten. Damals hatte Oskari bei einer Umzugsfirma gejobbt und, kräftig wie er war, Klaviere und Flügel geschleppt.

Vor zwanzig Jahren hatten Oskari und Aaro als Rekruten in Hiukkavaara bei Oulu in der Jägerkompanie der Nördlichen Brigade gedient. Oskari hatte bereits damals dieses Zucken am linken Auge gehabt, ein unfreiwilliges Zusammenziehen von Wangenmuskel und Augenlid, das an ein schelmisches Augenzwinkern erinnerte. Die Sache wäre harmlos gewesen, hätten sie nicht den stupiden Sergeanten Siiloinen als Ausbilder gehabt, der das unfreiwillige Augenzwinkern persönlich nahm und sich verhöhnt fühlte. Wütend befahl er dem Rekruten Mättö, seine Miene zu beherrschen, aber was konnte Oskari für seine angeborene Muskelzuckung? Bei den Mädchen kam er damit gut an, nicht aber bei dem Sergeanten. Siiloinen gewöhnte sich an, Oskari Mättö zu schikanieren, wann immer sich die Gelegenheit bot. Oft ließ er den armen Burschen rennen bis zum Umfallen, oder er machte ihn vor der ganzen Kompanie lächerlich – ohne Erfolg. Oskari Mättö trat vor und schrie mit bebender Stimme und augenzwinkernd:

»Herr Sergeant! Einen Unschuldigen verspottet man nicht! Was kann ich dafür, dass mein Gesicht zuckt!«

Oskari sammelte am Schießstand Patronen, bis er genug beisammen hatte, um das Magazin eines Sturmgewehrs zu füllen. Aaro, seinem besten Kumpel auf der Stube, verriet er seinen grausamen Racheplan. Bei passender Gelegenheit würde er Sergeant Siiloinen erschießen. Die Gelegenheit kam im Winter während der Partisanenausbildung am Ufer des Valkeislampi-Sees. Oskari und Aaro saßen am Lagerfeuer und bewachten die Skispur der Rekrutenmannschaft. Sie brieten sich Ringwurst, die Aaro von zu Hause geschickt bekommen hatte. Ihre Sturmgewehre lehnten an einer Föhre, Aaros Waffe war mit Platzpatronen geladen, in Oskaris Gewehr steckte scharfe Munition. Sergeant Siiloinen kam über das Eis des Sees geglitten. Er lehnte sich auf seine Skistöcke und begann in gewohnter Manier auf dem Rekruten Mättö herumzuhacken.

»Sergeant, jetzt knallt's!«

Oskari durchschoss mit einer gezielten Salve Siiloinens linken Skistock. Schon weniger genügt, einen Menschen, auch einen Soldaten, zu erschrecken, aber die Rache war noch nicht vollendet. Oskari watete durch den Schnee zum Sergeanten, bedrohte ihn mit der Waffe und forderte einen seiner Skier. Als er diesen erhalten hatte, drosch er ihn dem Sergeanten auf den Hintern, bis er zerbrach.

»Her mit dem anderen Ski, Sergeant, oder ich schieße!«

Oskari verprügelte den Sergeanten auch mit dem zweiten Ski so heftig, dass das Opfer Versöhnung vorschlug. Sie wurde mit Handschlag besiegelt, und Siiloinen stapfte in der Spur der Rekruten davon. Am gegenüberliegenden Seeufer angekommen, rief er dumpf herüber:

»Alles nur Kanonenfutter, keiner von euch Teufeln hat das Zeug zum Offizier!«

Die Freunde verbrannten die Reste der Skier und Stöcke im Feuer, womit die Angelegenheit allerdings nicht erledigt war. Aaro und Oskari bekamen für das Entwenden und Verbrennen der Skier ihres Ausbilders acht Tage Arrest aufgebrummt, außerdem mussten sie die Kosten erstatten. Siiloinen kaufte sich für das Geld neue und bessere Skier, hörte aber mit den Schikanen auf.

Oskaris Muskelzuckung machte ihm seither kaum mehr zu schaffen, das Auge und der Wangenmuskel zuckten nur noch, wenn er sich besonders herzlich freute, wie jetzt über die Begegnung mit seinem alten Armeekameraden Aaro Korhonen.

Oskari spendierte eine Runde Zigaretten und bat seinen Freund schließlich, ihm zu helfen, den Leichnam in die Kapelle des Krematoriums zu tragen. Der zuständige Mitarbeiter würde erst in einer Stunde kommen, aber als Fahrer des Leichenwagens hatte Oskari von Amts wegen einen Schlüssel zur Kapelle. Sie öffneten die Seitentüren und schleppten den Eichensarg hinein. Oskari holte ein weißes Blumengebinde – frische Lilien – aus dem Auto und arrangierte es auf dem Sarg.

»Allein kann ich diese schweren Kisten nicht mehr heben, das macht mein Rücken nicht mit. Früher habe ich mir ein Klavier einfach unter den Arm geklemmt und einen Flügel geschultert.«

Als die Arbeit getan war, erkundigte sich Aaro, ob es sich bei dem Leichnam um einen Mann oder eine Frau handelte, sofern die Frage gestattet sei.

»Moment, ich hole den Frachtbrief.«

Laut Fahrtenbuch des Bestattungsinstituts Lindell lag im Sarg eine Frau namens Hilma Katariina Väisänen, Gastwirtin, gestorben im achtundsiebzigsten Lebensjahr. Die Trauerfeier würde um elf Uhr beginnen, und anschließend ginge es für Oskari im Eiltempo nach Honkanummi, ein Polier aus Vallila hatte das Zeitliche gesegnet, auch für ihn war ein Eichensarg bestellt. Am Nachmittag müsste er dann das Fahrzeug in die Werkstatt bringen.

Hier stutzte Oskari und stellte Überlegungen an, ob da vielleicht eine Verwechslung vorlag, da die Gastwirtin hier in einem Eichensarg lag, obwohl es sich laut Transportpapieren um einen Kiefernsarg handeln sollte, der mit einem weißen, spitzenumsäumten Tuch verhüllt war.

»Das muss ich überprüfen.«

Oskari schraubte den Deckel auf.

Im Sarg ruhte friedlich ein etwa fünfzigjähriger Mann, die Augen geschlossen, wie es sich gehörte, und die Hände auf der Brust gefaltet. Graues Haar, am Kinn sprießender Bartwuchs. In jeder Weise stilvoll darauf vorbereitet, verscharrt zu werden.

»Da hab ich ja Schwein gehabt, es ist keine Frau, dies muss der Polier sein.«

Eile war geboten. Es galt, die offizielle Hilma Katariina Väisänen aus der Leichenhalle zu holen und den Polier nach Honkanummi zu schaffen. Oskari schätzte, dass er die beiden Leichen innerhalb einer halben Stunde austauschen könne, aber er wollte, dass Aaro bei der Kapelle wartete, wenn er Hilma brächte. Gemeinsam schraubten sie die Reisekiste des Polier zu und hievten sie eilends wieder ins Fahrzeug.

Eine halbe Stunde später fuhr der Leichenwagen mit qualmenden Reifen wieder beim Krematorium vor. Die Hecktür aufgerissen, den Sarg mit vereinten Kräften nach drinnen gewuchtet und mit professionellen Griffen auf die Schienen zum Ofen gestellt. Oskari erklärte, dass dies das erste Mal sei, dass bei Lindell die Leichen vertauscht worden waren. Aaro vermutete, dass Tote öfter fälschlich verbrannt und an den falschen Stellen und unter falschem Namen bestattet wurden, aber da die Särge nicht geöffnet werden, bemerkt niemand die Verwechslungen. Die Leiche einer Kneipenwirtin brennt nicht anders als die eines Poliers.

Als Oskari bereits wieder unterwegs war, kam ein Bursche im schwarzen Mantel angeradelt, der sich als Pastor vorstellte. Er hielt Aaro für den Krematoriumsangestellten, gab ihm forsch die Hand und erklärte, dass es an diesem Tag im Urnenhain zwei Bestattungen gebe, mit Reden für die jeweilige Asche. Just in diesem Moment tauchte der Mann auf, der eigentlich zuständig war. Aaro übergab ihm die Amtsgeschäfte und setzte erleichtert seinen Weg zur Mechelininkatu fort. Am Zaun des Friedhofes sprang ihn ein Eichhörnchen an und hängte sich fordernd an sein Hosenbein, aber als es merkte, dass er keine Nüsse dabeihatte, ließ es ihn in Ruhe. Der Tag war noch jung. Aus Erfahrung wusste das Tier, dass bald jede Menge trauernder Besucher kommen würden, in deren Taschen vielversprechend die Nusstüten knisterten.

In der Mechelininkatu angekommen, wandte sich Aaro Korhonen in Richtung Töölö und hoffte, nach den morgendlichen Toten bald auf lebendigere Menschen zu stoßen. Die frischen Düfte des Frühlings lockten ihn in ein kleines Café, dessen Eingangstür einladend offen stand. Eine Tasse Tee wäre jetzt genau richtig.

Im Café Väisänen war eine junge Frau in Trauerkleidung damit beschäftigt, den Fußboden zu wischen. Ihr Hinterteil zeigte abweisend zur Straße, Schweiß glänzte auf ihrer besorgten Stirn.

»Ist das Café etwa geschlossen?«

»Ja, ist es.«

Wie sich zeigte, war das Lokal wegen eines bedauerlichen Todesfalles geschlossen, ja es stand sogar zum Verkauf, und sobald die einstige Betreiberin Hilma Katariina Väisänen um elf Uhr sachgemäß verbrannt worden wäre, müsste die Serviererin Viivi Ruokonen hier ihre Zelte abbrechen und sich nach einer anderen Arbeit umsehen. Doch zuvor musste sie noch einiges erledigen, zum Beispiel, im Hinblick auf potenzielle Käufer, die Geschäftsräume reinigen. Die Wohnung der Verstorbenen im Obergeschoss hatte sie bereits vor der Obduktion sauber gemacht. Das Inventar würde in der kommenden Woche auf einer Auktion versteigert werden und der Erlös in den Nachlass einfließen.

Aaro Korhonen half der jungen Frau beim Wischen, und bald putzten sie auch die Fenster. Zu diesem Zeitpunkt traf der Immobilienmakler ein, und Aaro beschloss, ihm ein Kaufangebot zu machen, sowohl für das Café als auch für die Wohnung der Verstorbenen, drei Zimmer und Küche, ohne Balkon. Kein Fahrstuhl, aber sonst eine passable Behausung. Als Aaro die Wohnung inspizierte, registrierte er, dass die Inhaberin allein darin gewohnt hatte. Die Küchenschränke waren alt, aber sauber, der Kühlschrank müsste erneuert, das Bad renoviert werden. In einem der beiden Schlafzimmer waren Bücher untergebracht. Viivi Ruokonen hatte in letzter Zeit die Blumen gegossen. Es wirkte, als wäre die Inhaberin der Wohnung nur vorübergehend verreist. Hier konnte man jederzeit einziehen. Da der Kaufpreis mäßig und sowohl die Privat- wie auch die Geschäftsräume sauber und ordentlich waren, war Aaro bereit, eine Vorauszahlung zu leisten und die Schlüssel in Empfang zu nehmen. Er sagte sich, dass er günstig zu einem Café und einer Wohnung gekommen war. Gleichzeitig wunderte er sich darüber, dass er, ein sonst so ruhiger und besonnener Mann, diesen spontanen Kauf getätigt hatte. Aber ein Blick auf Viivi Ruokonen sagte ihm, dass es möglicherweise doch nicht nur eine momentane Laune gewesen war. Er brauchte ein Heim und einen Arbeitsplatz, und er sehnte sich nach weiblicher Gesellschaft. Jetzt war all das greifbar, da musste er schnell und ungeniert zuschlagen. Wenn es schiefgehen würde, könnte er ja wieder verkaufen und weiterziehen.

Oskari Mättö meldete sich über das Mobiltelefon und erzählte, dass der Polier stilgerecht in Honkanummi begraben und beweint worden war. Wie ging es Aaro sonst so, was gedachte er in nächster Zeit zu treiben? Wo wohnte er und wovon wollte er leben?

»Ich habe soeben ein kleines Café mit einer netten Wohnung im Obergeschoss gekauft. Ich beabsichtige zu schreiben, Bücher und so was.«

Aaro erkundigte sich nun seinerseits, ob Oskari möglicherweise einen schwarzen Anzug hätte, denn eigentlich müsste er an der Beerdigung jener morgendlichen Toten teilnehmen, sie war nämlich die ehemalige Betreiberin des Cafés, und es war ihr Nachlass, den er gekauft hatte. Im Bestattungsinstitut gab es vermutlich schwarze Anzüge zu mieten. Oskari bot ihm seinen eigenen Anzug an, sie könnten die Kleider tauschen, er brauchte seine schwarze Kluft

heute nicht mehr, auf der Fahrt in die Werkstatt könnte er genauso gut Aaros Alltagsklamotten tragen.
Bekleidet mit Oskaris tiefschwarzem Traueranzug trat Aaro, zusammen mit der Serviererin und dem Immobilienmakler, ins Krematorium, wo der Pastor, den er bereits kannte, eine rührende Rede zu Frau Hilma Katariina Väisänens Gedenken hielt. Anwesend waren etwa fünfzig Personen, hauptsächlich ehemalige Gäste des Cafés. Blumengebinde bedeckten den schönen Sarg, der nach Abschluss der Zeremonie stilvoll den himmlischen Flammen entgegenglitt, deren Glut sogar den Teufel neidisch gemacht hätte.

2

DIE SPANNWEITE VON ENGELSFLÜGELN

Kinder und Philosophen stellen eine Menge Fragen, ohne je eine Antwort zu erhalten. Wo beginnt das Universum, und wo endet es? Was liegt dahinter? Wie viel Zeit ist seit dem Beginn der Zeit vergangen, und wann endet die Zeit? Gibt es einen Gott? Wie viel Gehalt bekommt der Papst?

Wie ist es den Engeln möglich, die Gedanken und die Taten der Menschen vorauszusagen, und wie gelingt es ihnen, diese Taten zu beeinflussen? Auch das ist eine Frage, die den Leser eventuell beschäftigen mag. Es sei jetzt und hier endgültig klargestellt, dass all die speziellen Fähigkeiten der Engel nicht weiter verwunderlich sind. Die Engel sind von Gott geschaffen und demzufolge allmächtig, so hat Gott es seinerzeit gewollt, und fertig. Jener schlichte Reim *Engelchen, gibt's die denn?* ist sinnlos. Wer nicht an Engel glaubt, möge darüber mit Pfarrern und Bischöfen diskutieren, von denen es im Christenvolk Zigtausende gibt, vielleicht sind es gar Hunderttausend. Gut bezahlte und genährte Männer, neuerdings gesellen sich in den nordischen Ländern auch einige Frauen dazu. Bei ihnen kann man sich erkundigen, ob es Engel gibt und welche Abmessungen ihre Flügel haben. Die erste Frage wird garantiert positiv beschieden, auf die zweite werden die Kirchendiener eine Antwort schuldig bleiben.

Wie bekannt, befindet sich der christliche Himmel neuerdings in Kerimäki, wohin er Mitte der 80er-Jahre verlagert wurde, als der Kranfahrer Pirjeri Ryynänen den lieben Gott vertrat, während der ein Sabbatjahr einlegte. Seither werden in der größten Holzkirche der Welt die laufenden Angelegenheiten der Schöpfung geregelt. Gott selbst ist in Kerimäki kaum jemals anzutreffen, er hat seinen eigenen himmlischen Wohnsitz. Aber Engel fliegen in der Gegend umso mehr herum, oft in hundertköpfigen Schwärmen, im besten Falle sind Tausende geflügelter Wesen vor Ort. Die Verantwortung im Himmel trägt der heilige Petrus, unterstützt wird er von dem hochrangigen Engel Gabriel. Es muss wohl nicht extra erwähnt werden, dass sich der ganze Betrieb trotz seiner Größe und Effizienz im Unsichtbaren vollzieht. Die Anwohner ahnen nicht einmal, dass Engel die Kirche von Kerimäki bevölkern und auch draußen in so dichten Wolken umherschwirren wie sommers die Mücken am Himmel von Lappland.

Es sei erwähnt, dass im christlichen Himmel von Kerimäki spezielle Engel arbeiten und dass man dort kaum gewöhnliche Verstorbene trifft, denn sie haben ihren eigenen Himmel irgendwo in höheren Regionen unter der Obhut von Gott dem Allmächtigen. All die Milliarden von Christen würden nie und nimmer in der Holzkirche von Kerimäki Platz finden, auch wenn sie die größte ihrer Art in der Welt ist. Außerdem passt der Begriff vom Himmel und seinen Freuden nicht unbedingt vollinhaltlich auf die Atmosphäre und den Betrieb in dem alten Gebäude. Kerimäki ist also ein Himmel der Engel und in diesem Sinne ein bedeutsamer Ort. Ohne Engel, also ohne himmlische Arbeitskräfte, gingen die Angelegenheiten der Menschheit und der ganzen Schöpfung – man mag es kaum laut sagen – zum Teufel.

Am selben Maientag, da Aaro Korhonen aus einer momentanen Eingebung heraus in der Mechelininkatu eine Wohnung und Geschäftsräume kaufte, versammelten sich in der Kirche von Kerimäki an die fünfhundert Engelsaspiranten zum alljährlichen Grundkurs für Beschützerdienste. Auf der Welt gibt es viele Tausende Schutzengel. Die überwiegende Mehrheit ist imstande, ihre Aufgabe selbstständig, durch ihr Talent und dank der zu Lebzeiten erworbenen Erfahrungen im Bereich der Fürsorge und Betreuung zu erledigen, aber für das Amt des Schutzengels bewerben sich auch manche, denen diese Erfahrung und das Talent fehlen. Der Schutz eines gewöhnlichen Sterblichen mag, aus der Sicht eines allseitig befähigten Engels betrachtet, als leichte Aufgabe erscheinen, ist es aber durchaus nicht immer. Zwar stehen den Schutzengeln himmlische Hilfsmittel zur Verfügung, doch treten bei deren praktischer Anwendung leider oft Schwierigkeiten auf. Die vielen Unglücksfälle bei den Menschen sprechen da eine deutliche Sprache. So war man im Himmel also dazu übergegangen, Engel, die sich auf diesem Gebiet betätigen wollen, zu schulen, und jetzt hatten sich gut fünfhundert von ihnen in der Kirche von Kerimäki versammelt, um Vorträge zu hören und praktische Übungen durchzuführen.

Der heilige Petrus und der Engel Gabriel referierten auf dem alljährlich stattfindenden Kurs über allgemeine Fragen des Schutzes der Menschen, und erfahrene Engel vertieften die Lehren in weiteren Beiträgen. In den praktischen

Übungen bewahrten die Teilnehmer ausgewählte Bewohner der näheren Umgebung davor, Mist zu bauen, und erzielten dabei gute Erfolge. Zum Beispiel hatten sie im vergangenen Jahr einen gewalttätigen und unbeherrschten Bauern so weit gemäßigt, dass er zum Kerimäkier des Jahres gewählt wurde. Er hatte sich so gut entwickelt, dass er sich nicht mehr mit seinem alten, rostigen Lada in der Kurve an der Kirche überschlug. Er hatte sich ein neues Auto kaufen können und seine Frau war schwanger geworden, obwohl er sie früher grün und blau geschlagen hatte.

Am aktuellen Kurs nahm auch Sulo Auvinen teil, ehemals Religionslehrer am Gymnasium von Juva, der vor einigen Monaten im Alter von zweiundachtzig Jahren gestorben war. Lehrer Auvinen hatte also auf Erden ein hohes Alter erreicht, aber als Engel war er ein Anfänger. Er brannte darauf, Schutzengel zu werden. Als Mensch war er hilfsbereit und ein Beschützer gewesen, besonders, da er hingebungsvoll als Religionslehrer gearbeitete hatte, was für ihn wie eine Berufung gewesen war.

Religionslehrer Sulo Auvinen war zu Lebzeiten ein recht schmucker Mann gewesen: etwas mehr als mittelgroß, von schlanker Figur, auch sein Gesicht hatte angenehme Züge gehabt. Seine äußere Erscheinung war also sehr passabel gewesen, was sich von seinem irdischen Lebensweg aber keineswegs behaupten ließ. Er war ein guter Kerl, aber ein hoffnungsloser Tölpel gewesen. Sein Studium hatte er mit mäßigem Erfolg abgeschlossen, er war nicht Pastor, nicht Propst und auch nicht Bischof geworden, sondern ein schlichter Religionslehrer. Dabei mangelte es ihm nicht an Verstand, sondern an Lebenstüchtigkeit. Was Sulo anpackte, ging meistens schief. Immer wieder geriet er in

Schwierigkeiten, fuhr sein Auto in den Graben, beleidigte die Leute, ohne es zu merken, heiratete aus Versehen, fällte Bäume auf dem Grundstück des Nachbarn, sein Wecker klingelte nicht, er aß giftige Pilze. Aber er gab immer sein Bestes, das lässt sich nicht leugnen, und mit Zähigkeit und Zuversicht meisterte er schließlich sein Leben. Nachdem er mit fünfundsechzig Jahren pensioniert worden war – also vor mehr als fünfzehn Jahren –, war Auvinen mit seiner Frau von Juva nach Kuopio gezogen, wo er seine letzten Lebensjahre damit verbracht hatte, die Sozialfälle der dortigen Kirchgemeinde Petonen zu betreuen – und von diesen Fällen gab es in dem neuen Wohngebiet wahrlich genug. Als er ein paar Jahre später verwitwet war, hatte er sogar die Türen seines Hauses für einige hoffnungslos dem Alkohol verfallene schwarze Schafe der Gemeinde geöffnet, wobei er allerdings darauf geachtet hatte, dass sich die neuen Bewohner nicht für immer in seiner sauberen Wohnung einnisteten und sie mit ihrem Gestank verpesteten. Seine Schützlinge verursachten jedoch Wasserschäden und nahmen bei ihrem Auszug das Familiensilber mit, das Sulo dann allmonatlich in der Pfandleihe einlöste. Zu Weihnachten zog er mit der Sammelbüchse durch die Straßen, und stets fand er ein Häuflein hilfsbereiter Menschen, sodass er Wollpullover und anständiges Essen für die Obdachlosen kaufen konnte. Auf diesen Pfaden der Mildtätigkeit glitt er aus und brach sich den Oberschenkel, der jedoch gerade rechtzeitig vor seinem Tod verheilte, sodass man ihn nicht mit Gipsbein zu Grabe tragen musste.

Sulo Auvinen war eine stattliche Erscheinung: Die Spannweite seiner Flügel betrug immerhin elf Meter. Bei einigen dicken Engeln konnten es auch schon mal bis zu fünfzehn

Meter sein. Obwohl die Engel Geisterwesen sind, haben sie doch Flügel, und als Gott die Flügel schuf, achtete er natürlich darauf, dass sie die entsprechenden Proportionen zum Körper haben.

Durch die gesamte Geschichte der Christenheit hindurch zieht sich ein schreckliches Missverständnis hinsichtlich der Engelsflügel. Wieso nur haben die theologisch gebildeten Menschen, Pastore, Bischöfe, ja sogar die Päpste nie begriffen, dass sich die Engel, wären ihre Flügel so kurze Stümpfe, wie auf religiösen Gemälden dargestellt und in kirchlichen Schriften beschrieben, nie in die Lüfte erheben könnten. Selbst wenn es ihnen vielleicht gelänge, mit der Unterstützung des Windes und von einem Hügel aus ein Stückchen zu flattern, würden sie doch alsbald wie ein Stein zu Boden fallen, und dieses Unglück mit anzusehen, geschweige denn anzuhören, wäre ganz sicher nicht erhebend.

Engel sind also prachtvolle Vögel. Neben ihnen wirkt selbst der stolzeste Seeadler bescheiden wie ein kleiner Sperling. Nur den riesigen Albatros kann man halbwegs mit Sulo Auvinen oder den anderen größeren männlichen Engeln vergleichen. Der Albatros gehört ja zur Familie der Sturmvögel, und er nistet auf einsamen Ozeaninseln. Manchmal gleitet er tagelang auf seinen mächtigen Schwingen dahin, deren Spannweite bis zu vier Metern beträgt. Der Albatros lebt in Kolonien und legt jeweils nur ein großes Ei, ist also auch in dieser Hinsicht den Engeln ähnlich – auch der Mensch produziert ja jährlich nur einen Nachkommen, ein Kind also, lediglich in Ausnahmefällen werden Zwillinge oder manchmal sogar Drillinge geboren.

Ornithologisch könnte man die Engel also als Obergattung der Familie der Albatrosse bezeichnen, wenn dieser Vergleich gestattet ist. Heißen die Albatrosse mit lateinischem Namen *Diomedea exulans*, so könnte man die Engel entsprechend *Diomedea angelus* nennen. Ansonsten allerdings sollte man sich hüten, die Engel als Vögel einzustufen, denn sie haben, außer den Flügeln und dem Schwanz, kaum andere Gemeinsamkeiten. Zum Beispiel Sulo Auvinens Beine sind die ganz typischen Stampfer eines Savolaxers, er hat keine Schwimmhäute und auch keine Adlernase, geschweige denn ein alles bedeckendes Federkleid. Auch befinden sich seine Afteröffnung und seine Geschlechtsorgane dort, wo sie auch früher schon waren, und nicht wie bei Vögeln unter dem Schwanz inmitten von allerlei Gefieder. Eine ganz andere Sache ist, ob Sulo Auvinen oder die anderen Schutzengel diese letztgenannten Organe noch brauchen. Schließlich leben sie durch den Geist, wie es in der Bibel so schön heißt.

3

DER GRUNDKURS FÜR SCHUTZENGEL

Die Holzkirche von Kerimäki ist weltweit die größte ihrer Art. Sie ist fünfundvierzig Meter lang, zweiundvierzig Meter breit und dreißig Meter hoch. Nicht einmal die finnischen Domkirchen in Turku und Helsinki haben diese Ausmaße, womit klar wäre, warum nicht sie den Himmel beherbergen. In den Balkentempel von Kerimäki also passten ohne Weiteres die fünfhundert Engelsaspiranten, die den ersten Grundkurs für Beschützerdienste im Jahre 2004 besuchten.

Der heilige Petrus eröffnete das Seminar und sprach über die unvollkommenen Lebensgewohnheiten der Menschen, aufgrund derer sie himmlischen Schutz benötigten. Er hob hervor, dass die bevorstehende Arbeit geistig anspruchsvoll sei, nannte sie aber zugleich auch außerordentlich befriedigend. Nach seiner Eröffnungsrede verwies er auf die zahlreichen Pflichten, die ihn rufen würden, und flog davon, wobei er versprach, zur Abschlussveranstaltung wieder anwesend zu sein. Anschließend wurde ein alter Engel aufgerufen, den Gabriel als Theodor Tolpo vorstellte, ein Zimmermann und Kirchenbauer, der im neunzehnten Jahrhundert gelebt hatte. Er wurde gebeten, etwas über die Kirche zu erzählen, denn er hatte sie einst zusammen mit seinem Vater erbaut. Während der laufenden Arbeiten am Bau war der Alte gestorben, und der Sohn hatte weitergemacht und die schwere und verantwortungsvolle Arbeit in Ehren vollendet.

»Man hat mich gut Hundert Jahre lang wegen der unerhörten Ausmaße des Gebäudes aufgezogen, immer wieder wurde behauptet, wir hätten uns bei den Messungen geirrt, hätten Meter und Klafter verwechselt. Aber das ist Quatsch, wir haben die Kirche so gebaut, wie die Ortsbewohner sie haben wollten und wie es in den Entwürfen vorgesehen war.«

Tolpo war ein ernster Mann, auf seine Worte war Verlass. Die Engelsschar folgte dem Erbauer ins Innere des riesigen Balkengebäudes.

Der Architekt A. F. Granstedt hatte den Entwurf geliefert. Die Kirche wies Elemente der Antike, der Gotik, des romanischen und sogar des byzantinischen Stils auf, ganz wie es für die Zeit typisch war. Der Architekt hatte sich unter anderem an den Domkirchen von Florenz und Aachen und sogar an der Hagia Sophia von Konstantinopel orientiert.

Tolpo stammte aus Vihti und war im ganzen Land unterwegs gewesen, um Kirchen zu bauen. Er erzählte, dass er fünfundzwanzigtausend Silberrubel für seine Arbeit erhalten hatte, keine ganz kleine Summe, sie entsprach etwa einer halben Million Euro. Bautechnisch war die Kirche schwieriger zu realisieren gewesen als ein entsprechendes Objekt aus Stein. Das Dach des Gebäudes wird getragen von riesigen Säulen, auf denen Balken sowie vorgespannte Verbinder ruhen. Der Blick noch oben ist beeindruckend. In die Kirche passen bis zu fünftausend Besucher, sodass die fünfhundertköpfige Engelsschar das Gotteshaus nicht einmal zur Hälfte füllte. Von den gewaltigen Ausmaßen und der stabilen Konstruktion kündet auch die Tatsache, dass man ein halbes Dutzend Schmiede hatte beschäftigen müssen, um die erforderlichen Nägel, große Spikes, herstellen zu können, genau 294000 Stück waren in der Werkstatt, die zur Baustelle gehörte, zurechtgehämmert worden.

Über das Gesicht des Kirchenbauers huschte ein belustigtes Lächeln, als er erzählte, dass die Bewohner von Kerimäki ursprünglich die Absicht gehabt hatten, beim Kirchenbau zu sparen. Sie hatten eine Steinkirche abgelehnt, weil sie gemeint hatten, die würde teurer als ein Gebäude aus Holz. Aber in dieser Hinsicht hatten sie sich schwer getäuscht, denn Granstedts Entwürfe waren so unerhört gigantisch ausgefallen, dass für dasselbe Geld zwei, drei Steinkirchen normaler Größe im Ort hätten errichtet werden können.

»Aber wenigstens ein Mal ist es vorgekommen, dass die Kirche bis auf den letzten Platz gefüllt war, und das war an dem Tag, als sie eingeweiht wurde. Es war der Pfingstsonntag im Jahre 1848, und es herrschte schönes, trockenes Wetter, ich kann mich noch gut erinnern. Die Leute kamen von weit her, sogar aus Rantasalmi und Kitee. So voll ist es danach in diesem Tempel nie wieder gewesen«, berichtete Tolpo.

Der Kurs dauerte die ganze Woche, genau genommen natürlich sechs Tage, denn auch im Himmel gibt es Freizeit, denn der Feiertag ist nach alter göttlicher Sitte heilig.

Am ersten Tag also war die Veranstaltung vom heiligen Petrus höchstpersönlich eröffnet worden. Sulo Auvinen hatte sich vorgestellt, dass Petrus eine riesige und beeindruckende Erscheinung wäre, aber in Wahrheit sah er ganz gewöhnlich aus mit seinem dunklen Haar, dem weißen Bart und den schwarzen Flügeln. Zu Lebzeiten war er ja zunächst Fischer und später ein Jünger Jesu gewesen. Damals, vor zweitausend Jahren, waren die Körpermaße und überhaupt auch das Äußere der Menschen recht bescheiden gewesen, verglichen mit den heutigen großen, gut genährten Erdenbürgern. Petrus hatte die grobknochigen, schwieligen Hände eines Fischers und einen strengen Blick, in dem gelegentlich eine Spur Verschlagenheit aufblitzte. Drei Mal hatte er schließlich in einem schwachen Moment seinen Meister verleugnet.

Geleitet wurde der Kurs von Erzengel Gabriel, einem jungen, ziemlich kleinen Mann. Sulo Auvinen hätte wetten mögen, dass Gabriel ursprünglich aus Finnland stammte, er sah genau wie ein Savolaxer aus, oder vielleicht kam er auch aus Kainuu. Ein gemütlicher Kerl, und trotz seines jugendlichen Alters ein fähiger Pädagoge.

Das himmlische Schulungsseminar folgte dem alten irdischen Schema, demzufolge die Teilnehmer in Arbeitsgruppen eingeteilt wurden, in diesem Falle zehn an der Zahl mit jeweils fünfzig Flügelträgern. Die Gruppen wählten aus ihrer Mitte einen Vertrauensengel, der während der Schulung für den Zusammenhalt der Gruppe sorgte und Kontakt zu den Ausbildern hielt.

Ziel der Schulung war es, den gemeinsamen Beschützergedanken zu stärken und zu festigen. Vor allem wollte man den Teilnehmern die Gelegenheit geben, sich über alle Erfahrungs-, Form- und Autoritätsgrenzen hinweg miteinander auszutauschen. Es galt, die künftigen Schutzengel zu einer möglichst effizienten himmlischen Ressource

heranzubilden. Man wollte ihnen Handlungsmodelle liefern, die ihnen helfen würden, die theoretischen Kenntnisse in der Praxis beim Schutz der Menschen, und gegebenenfalls auch der Tiere, anzuwenden.
Zum Abschluss des Tages versammelten sich die Gruppen zu einer gemeinsamen Veranstaltung, auf der sie ein Resümee zogen und darüber diskutierten, welche Themen für den nächsten Tag anstanden. Offene Fragen wurden geklärt, es wurde von den neuesten Entwicklungen in der Branche berichtet, das Erreichte wurde bewertet, Probleme wurden angesprochen und gemeinsam Vorschläge zur Verbesserung gemacht.
Ein erst unlängst verstorbener Anlageberater ließ sich nicht abhalten, vom letzten Stand der irdischen Kursentwicklung zu berichten, denn er meinte, dass diese Erkenntnisse allgemein nützlich sein könnten, vor allem aber beim Schutz reicher Menschen. Er führte aus, dass das vergangene Jahr endlich mal wieder einen Aufwärtstrend gezeigt hatte und dass das Börsenjahr gut gestartet war.
»Für ein Andauern der Erholung an den Aktienmärkten sprechen mehrere Faktoren: Die Erträge der Firmen und die Konjunkturindikatoren haben sich spürbar stabilisiert, Aktien sind nach wie vor attraktiv im Vergleich mit Massenkrediten, und die Bedingungen für eine weitere Umsatzsteigerung der Konzerne haben sich verbessert. Ich empfehle also, Aktien zu zeichnen.«
Diesen Blick auf die Börsenwelt nahmen die Teilnehmer leicht irritiert zur Kenntnis.
Vor der Kirche war ein spezieller Themenpool eingerichtet worden, dort konnten die aktiven Teilnehmer in ihrer Freizeit die empfangenen Eindrücke vertiefen und sich selbst-

ständig oder in kleinen Gruppen fundiertere Kenntnisse in jenen Teilbereichen aneignen, in denen sie nach Abschluss des Kurses tätig werden wollten. Sulo Auvinen wählte aus dem Angebot jene Themen, die ihn besonders interessierten:

1. Rationalisierung und Problembereiche der Schutztätigkeit
2. Neueste Aspekte der Inobhutnahme/Anwendbarkeit auf die Direktbetreuung
3. Interdisziplinäre Zusammenarbeit beim Schutz widerspenstiger Schutzbefohlener

Eine besonders interessante, wenn auch sehr anspruchsvolle Übung war das Erlangen einer sanften Herrschaft über die Gedankenwelt und damit die Taten der Menschen, um das Verhalten eines Menschen in einem bestimmten Rahmen steuern zu können. Solche Aufgaben wurden auch in der Praxis trainiert. Der Küster, der Kantor und sogar der Pastor der Kirche von Kerimäki dienten dabei als Versuchspersonen, da sie praktischerweise fast ständig anwesend waren. Sie wurden veranlasst, dies und jenes zu tun, auch Dinge, die sie von sich aus nie getan hätten. Den Kantor zum Beispiel ließen die Kursteilnehmer einige frivole Lieder singen, und der Küster musste vor der Kirche von Passanten eine Kollekte einsammeln, obwohl es ein normaler Wochentag war und gar kein Gottesdienst stattfand. Den Pastor lockten sie in den Glockenturm und ließen ihn dort predigen. Als der Engel Gabriel das jedoch sah, unterbrach er das geschmacklose Treiben und entließ den Pastor wieder in die Sakristei zu seinen angefangenen Arbeiten. Auf solchen Seminaren pflegt es nun mal vorzukommen, dass einige Teilnehmer ein wenig über die Stränge schlagen, aber es ging ja genau darum, die Gedanken und Taten des Menschen zu beeinflussen, und das musste schließlich irgendwie in der Praxis geübt werden.

Die ganze Woche hindurch hörten die Teilnehmer zahllose langatmige Vorträge, machten Gruppenarbeit und diverse Übungen. Sie vertieften sich in den Tierschutz und lernten die neuesten Trends im internationalen Aktienhandel verstehen, obwohl es ihnen kaum machbar erschien, den heutigen jungen und unverfrorenen Bankern Vernunft oder gar guten Willen in die Schädel zu trichtern.

Am Sonnabend, dem letzten Kurstag, musste jeder Engelsaspirant seine Befähigung in einer Abschlussübung unter Beweis stellen. Zu diesem Zweck wurden fünfhundert Bewohner von Kerimäki auf die zukünftigen Schutzengel aufgeteilt. Jeder bekam einen Menschen überantwortet und durfte nach Belieben in dessen Gedankenwelt eindringen und ihn nach seinem Willen handeln lassen. An diesem Maiwochenende waren viele Dorfbewohner draußen unterwegs, sodass es keine Probleme machte, fünfhundert Versuchspersonen zu beschaffen. Den ganzen Tag lang konnte man dann auf dem Markt und in den Läden der Ortschaft seltsame kleine Begebenheiten beobachten. Zum Beispiel fiel es den Kunden in den Supermärkten unter dem Einfluss der Engel erst in der Schlange vor der Kasse ein, dass sie noch Roggenmehl, Schuhcreme, Kerzen oder Ansichtskarten kaufen wollten, und sie gingen zurück, um die vergessenen Waren aus den Regalen zu holen. Auf den Straßen und Plätzen des Dorfes rannten die Leute hektisch hin und her, und Autofahrer steuerten kurzentschlossen Städte wie Varkaus oder Heinävesi an, wo einige von ihnen, angetrieben durch einen inneren Zwang, das Kloster Valamo besuchten.

Am Nachmittag zeigte der Engel Gabriel schließlich Sulo Auvinen seine Versuchsperson, ein altes Weib, das die Dorfstraße entlangtrabte. Sulo sollte jene besagte Senni Kärväinen veranlassen, in die Kirche zu treten und an der kleinen Abendandacht teilzunehmen, die der Pastor bereits in bewährter Manier eingeleitet hatte. Eifrig machte sich der künftige Schutzengel ans Werk. Er bemächtigte sich der Gedanken der Frau und hämmerte ihr die fromme Idee ein, nach links abzubiegen. Er hätte sie nach rechts lenken müssen, aber irgendwie verwechselte Sulo die Seiten, als er in der Höhe der Baumwipfel dahinflog und sein Zielobjekt von vorn und nicht von hinten beobachtete. Alles ging schief, an der Kreuzung wandte sich die Alte in die von Sulo gewiesene Richtung, aber der Weg führte nicht zur Kirche, sondern zur nahen Kneipe. Sulo versuchte nach Kräften, die Frau zu einer Richtungsänderung zu veranlassen, aber sie war eigensinnig und trabte verbissen nach links, so wie es ihr in den Kopf gekommen war.

Über sich selbst staunend, öffnete die Alte die Tür und trat in das Lokal, in dem ein lautes Stimmengewirr herrschte. Zigarettenqualm füllte die eine Hälfte des Raumes, im Nichtraucherbereich saß kein einziger Gast. Senni Kärväinen trat an den Tresen. Die fünfzigjährige Gastwirtin Helka Kaikkonen war erstaunt.

»Nanu, Senni! Was machst du denn hier?«

Senni wusste selbst nicht recht, warum sie in die Kneipe gekommen war, sie hatte nie solche Orte besucht.

»Innerer Zwang, hab nicht anders gekonnt.«

Kaffee und Kuchen waren während des momentanen Hochbetriebs nicht im Angebot, sodass Helka für Senni ein Bier zapfte.

»Na gut, ich probier's mal, all den anderen scheint's ja auch zu schmecken.«

»Es geht aufs Haus, weil du so ein seltener Gast bist«, erklärte Helka, als sie Senni den großen Humpen überreichte. Die setzte sich damit in den Nichtraucherbereich und nahm einen tüchtigen Schluck.

»Huch, scheußlich, wieso schlürfen die Kerle dauernd diese Brühe, haben sie nichts Besseres zu tun?«

Senni leerte rasch ihr Glas, rülpste und wartete auf die Wirkung.

»Ich spür nix.«

Die Wirtin füllte ein zweites Glas, diesmal bezahlte Senni und setzte sich wieder an ihren Tisch. Als sie auch diese Portion ausgetrunken hatte, fragte Helka:

»Nimmst du noch eins?«

»Kann ich machen.«

Nach dem dritten Glas wurde Senni gesprächig und rief Bemerkungen zu den rauchenden Biertrinkern hinüber. Sie wollte von ihnen wissen, ob sie in letzter Zeit wenigstens einen einzigen Tag richtig gearbeitet hätten und ob auch nur einer von ihnen etwas anderes als Saufen im Kopf habe. Dann kam sie aufs Wetter zu sprechen und auf den neuen Arzt im Gesundheitszentrum, der völlig verrückt war. Verschrieb nicht die guten alten Medikamente, sondern schwatzte einem neue, teure auf. Erwähnung fanden auch die Stromausfälle vom vergangenen Winter, als der Schnee die Leitungen heruntergerissen hatte und die Dörfer ohne Elektrizität gewesen waren. Anschließend folgte noch ein Blick auf die Obrigkeit in Helsinki, richtig bekloppt waren die Herren dort, planten neuerdings, das nördliche Sumpfgebiet von Kerimäki ins Naturschutzprojekt Natura aufzunehmen.

»Jetzt muss ich pinkeln«, sagte Senni nach dem vierten Bier mit einem verlegenen Lachen.

Helka half ihr in die Damentoilette. Dort schwatzten sie noch eine Weile, und als das Geschäft erledigt war, beschloss Senni aufzubrechen. Sulo Auvinen seufzte vor Erleichterung, vielleicht könnte er die Alte doch noch in die Kirche dirigieren, so wie es ursprünglich seine Aufgabe gewesen war. Aber Senni war stark in ihrem Glauben und nicht mehr bereit, einen anderen Weg einzuschlagen. Sie wollte nach Hause, ihr Kopf dröhnte, und der Horizont wellte sich. Sulo Auvinen konnte nur noch versuchen, die Versuchsperson unter Einsatz all seiner geistigen Kräften einigermaßen manierlich in ihr Heim zu verfrachten. Senni stolperte die Straße entlang, lehnte sich zwischendurch immer wieder an Laternenpfähle oder Zäune. Die zähe Alte gab nicht auf, sondern wanderte, wenn auch im Zickzackkurs, heim zu ihrer Hütte, in der nur die alte zottige Katze auf sie wartete. Der Gatte war schon vor fünfzehn Jahren gestorben, war sein ganzes Leben lang hinter dem Schnaps her gewesen.

»Der Anselmi ist ja dauernd so getorkelt, ach, dieser verflixte Kerl.«

Der Heimweg dauerte länger als eine Stunde, obwohl sie nicht weit entfernt wohnte. Sulo Auvinen musste mächtig aufpassen, dass Senni nicht unter ein Auto geriet. Es war ihm peinlich, die Alte zum Pinkeln an den Straßenrand zu geleiten, das vierte Bier hatte seine Runde in ihrem Bauch gemacht und strebte zischend hinaus.

Als Sulo die alte Frau endlich in ihre heimatliche Hütte gelotst hatte, wo die Katze sie verwirrt empfing, kehrte er zur Himmelskirche zurück und meldete sich beim Engel Gabriel. Er schämte sich ein wenig für den Kneipenausflug. Aber Gabriel akzeptierte die abgelieferte Probe und sagte, dass Sulo Auvinen letztlich doch Erfolg gehabt hatte. Es war ihm großartig gelungen, sich der Gedankenwelt der alten, eigensinnigen Frau zu bemächtigen, und alles wäre sicherlich nach den ursprünglich wohlmeinenden Plänen verlaufen, hätte es nicht zu Beginn dieses kleine Missgeschick gegeben. Den richtigen Weg zu wählen ist nicht nur für die Menschen, sondern auch für die Engel oft übermächtig schwer.

4

FÜR AARO KORHONEN WIRD EIN SCHUTZENGEL EINGETEILT

Unmittelbar nach der Beerdigung der Gastwirtin Hilma Katariina Väisänen begaben sich die Teilnehmer zum Trauermahl ins nahe gelegene Restaurant *Perho*, in dem die Verstorbene noch selbst die Plätze reserviert und ein Menü mit drei Gängen bestellt hatte, bestehend aus Rogenpasteten, gerösteter Maräne mit gekochtem Gemüse und Marmorkuchen. Dazu hatte sie einen australischen Weißwein ausgewählt, mit nachhaltigem Aroma und melancholischem Abgang. Als das Essen verspeist war und mehrere Gäste schöne Worte über das Lebenswerk und die Taten der Verstorbenen geäußert und ihr für die Wahl des schlichten, aber unvergesslichen Abschiedsmahls gedankt hatten, brach die Runde einschließlich des Immobilienmaklers auf. Aaro Korhonen blieb mit Viivi Ruokonen allein zurück, und er fragte sie, ob sie Lust hätte, weiterhin in den Räumen der Verstorbenen einen Caféausschank oder irgendein anderes kleines Gewerbe zu betreiben. Dazu war sie durchaus gewillt, denn sie hatte sich daran gewöhnt, in dieser Straße zu arbeiten.

Die Stimmung war ruhig und in gewisser Weise glücklich. Ein Lebenswerk war vollendet, ein Mensch zu Asche verbrannt, aber zurückgeblieben waren die ganze Mensch-

heit und unendlich viel Zeit, Gutes wie auch Böses zu tun.
Aaro Korhonen war sensibilisiert und hatte den Wunsch, sich zu öffnen. Er erzählte Viivi, dass er sein Leben lang gearbeitet habe, und das ziemlich erfolgreich, als Arbeitgeber sei auf ihn Verlass. Im Laufe der Jahre habe er mehrere Berufe ausprobiert. Er habe Sprachen und Literatur studiert, sei anschließend Forschungsassistent an der Universität von Oulu gewesen, habe als Reiseleiter in Portugal gejobbt und nebenbei auch noch Goldwäsche und Börsenspekulation betrieben, beides mit gutem Erfolg. Er sei auch verheiratet gewesen, seine beiden Kinder seien fast erwachsen, die Frau sei schon vorzeiten ihrer Wege gegangen.
»All das erzähle ich dir nur, damit du weißt, mit wem du es jetzt zu tun hast«, erklärte er.

In Kerimäki wurde am Nachmittag der Kurs für Schutzengel beendet. In seinem Schlusswort sagte der heilige Petrus den Teilnehmern, dass es in ihrer künftigen Arbeit vor allem darauf ankommen werde, den Menschen, für den sie verantwortlich seien, vor den Intrigen und Schurkenstreichen des Teufels zu schützen. Petrus wünschte den neuen Schutzengeln Gottes Segen und viel Erfolg bei ihrer schweren, aber sehr befriedigenden Arbeit.
Eine besonders feierliche Note bekam die Abschlussveranstaltung, als den frischgebackenen Schutzengeln eine Botschaft verlesen wurde, die Gottes Sohn persönlich gesandt hatte. Darin dankte Jesus Christus, unser Herr, den Teilnehmern für die erfolgreich abgeschlossenen Studien und wünschte ihnen Erfolg bei ihrer anspruchsvollen Arbeit. Er glaube daran, so schrieb er, dass der irdische Weg der leben-

den Wesen der Schöpfung leichter werde, wenn sich die neu ausgebildete Gruppe mit Eifer ihren Pflichten widme. Der Schutz der Schwachen sei ein Beweis für die grenzenlose Gnade, die Gottvater der Schöpfung mittels der Engel angedeihen lasse.

Der Chor der fünfhundert Engel stimmte tief bewegt *Befiehl du deine Wege* an und sang alle Strophen des Liedes. Anschließend wurde jedem Engel ein Mensch zugewiesen, den er beschützen sollte.

Als die Reihe an Sulo Auvinen kam, galt es, ein heikles Problem zu lösen. Aus den himmlischen Archiven ging hervor, dass Sulo eigentlich nicht zum Schutzengel taugte, da er sich schon zu Lebzeiten als rechter Tölpel erwiesen hatte. Auch die verkorkste praktische Übung mit Senni Kärväinens Kneipentour hatte nicht gerade das Vertrauen in seine Führungskraft erhöht. Doch im Himmel wird niemand aus solchen Gründen gleich degradiert. Letztlich war Sulo Auvinen ein anständiger Engel. So beschloss man, ihm einen Menschen auszusuchen, der möglichst pflegeleicht war.

Die Wahl fiel auf Aaro Korhonen, der nach neuesten Informationen unlängst von Pietarsaari nach Helsinki gekommen war, ein Café und eine kleine Wohnung gekauft hatte und zur Stunde in der Kapelle des Krematoriums von Hietaniemi ein Trauerlied sang. Aaro Korhonen schien in jeder Hinsicht ein tüchtiger Mann zu sein, der imstande war, für sich selbst und auch für andere zu sorgen, sodass nicht mal ein tölpelhafter Engel seinen Lebensweg stören, geschweige denn ihn dem Teufel in die Arme treiben könnte. Man gab Sulo Auvinen sämtliche Informationen über Aaro und wünschte ihm Glück. Ohne lange zu fackeln, verabschiedete er sich von den anderen Teilnehmern. Dann erhob er sich auf seine mächtigen Schwingen und flog Richtung Südwesten. Wenn alles glattginge, könnte er Helsinki bis zum Abend erreichen und sofort beginnen, Aaro Korhonen zu beschützen.

Von Kerimäki nach Helsinki sind es gut dreihundert Kilometer Luftlinie, also Engelsweg, und da die Fluggeschwindigkeit von Engeln etwa hundertsiebzig Kilometer pro Stunde beträgt, würde die Reise nicht länger als zwei Stunden dauern. Es wehte ein strammer Gegenwind, aber auch das beeinträchtigte den Flug nicht sonderlich, denn mit Flügeln von mehr als zehn Metern Spannweite ging es auf dem himmlischen Weg in rauschender Höhe zügig voran. Das Flugwetter war prachtvoll und sonnig, den Maienhimmel schmückte eine schleierähnliche Wolke, gerade richtig, um das grelle Sonnenlicht ein wenig zu dämpfen. Sulo Auvinen ging von Zeit zu Zeit in den Gleitflug über und gönnte seinen Flügeln so eine Ruhepause. In der Umarmung der aufsteigenden Luftströme beschrieb er aus Spaß ein paar prachtvolle Bögen und genoss aus vollem Herzen sein neues Dasein zwischen Himmel und Erde. Schließlich war er lange genug auf finnischem Boden umhergetrabt, achtzig Jahre lang, bei Regen, Schnee und Frost.

Vogelschwärme kamen ihm entgegen. Gänse, Polarenten, Schellenten, viele Stelz- und Tauchvögel waren in nordöstlicher Richtung zur Tundra und zum Eismeer unterwegs und sangen vor Freude und Erwartung. Sie hatten noch tausend oder zweitausend Kilometer vor sich, bis sie in ihren Nistgebieten Eier legen und brüten könnten. Sulo Auvinen stieg höher auf und betrachtete mit schräg gelegtem Kopf die mächtigen Kranichflüge, die mit sicheren

Flügelschlägen den unberührten Sumpfgebieten des Nordens entgegenglitten. Die kreischenden Schwärme der Sumpfvögel waren, von oben betrachtet, ein prachtvoller Anblick. Einst als Knabe hatte Sulo Vögel beobachtet, hatte sogar daran gedacht, das Hobby zum Beruf zu machen und Naturwissenschaftler zu werden. Wenn er schon damals diesen Vogelzug gesehen hätte, wäre die Wahl des Studienfaches eindeutig ausgefallen, nicht Theologie, sondern Ornithologie.

Während er diesen seligen Überlegungen nachhing, schwebte Sulo Auvinen irgendwo über Imatra. Der Saimaa sah bei diesem Wetter wirklich schön aus. Seine blauen Wellen waren gerade vom Eis befreit, und die ersten Boote waren zu Wasser gelassen worden. Sulo sah zwei Segler, die draußen unterwegs waren, und in den Buchten tuckerten ein paar Motorboote. Waren da schon die ersten Fischer unterwegs, um ihre Netze auszuwerfen? Der Schutzengel ging in den Sinkflug über und bemerkte, dass eines der Segelboote in Schwierigkeiten geraten war, es versuchte nach Luv zu drehen und das Fahrwasser zu erreichen, aber der Wind drückte es zu stark auf die Seite, und es wurde abgetrieben. Soweit Sulo Auvinen die Seezeichen kannte, befand sich das Segelboot jetzt in gefährlichem Gewässer, auf der falschen Seite des Ostzeichens. Wann, wenn nicht in einer solchen Situation, wurde die Hilfe eines Schutzengels gebraucht? Sulo beschloss, in den Verlauf der Dinge einzugreifen. Er verringerte seine Höhe weiter und überlegte, wie er in dieser gefährlich wirkenden Lage helfen könnte. In der kleinen Kajüte machte er drei Personen aus, zwei Erwachsene und ein Mädchen im Schulalter.

Engel haben viele Möglichkeiten, Menschen in Not oder in

klippenreichem Wasser zu helfen. Sie können vorübergehend den Wind beruhigen und so die Gefahr bannen, alternativ dazu und bei genügend Fantasie sogar das Wasser unter einem kleinen Boot tiefer machen. Sulo beschloss, es mit der ersten Methode zu probieren. Ein Gedanke an Gott, und sofort legte sich der heftige Wind, aber das Segelboot trieb mit unverminderter Geschwindigkeit den Klippen entgegen, die von oben aus der Luft gut unter der Wasseroberfläche zu erkennen waren.

Sulo war so beseelt vom Willen zu helfen, dass er in seinem Eifer nicht rechtzeitig die Starkstromleitung bemerkte, die an dieser Stelle den See überquerte. Der Schutzengel flog mit ausgebreiteten Flügeln geradewegs in die Leitung hinein und blieb darin hängen. Die Hochspannungsseile spukten Funken, aus Sulos Flügeln stieg Rauch auf, und in der nahen Stadt Imatra fiel der Strom aus. Der Schaden an der Stromleitung führte sogar zu einem Stillstand in der benachbarten Zellulose- und Papierfabrik, aber zum Glück sprangen in den Betrieben, in den Krankenhäusern und anderen lebenswichtigen Einrichtungen die Notstromaggregate an.

Es gelang dem Engel im letzten Moment, sich an die andere Leitung zu hängen. In seiner kritischen Lage durchfuhr ihn ein neidischer Gedanke an die Schwalben und anderen kleinen Vögel, die mühelos auf Fernmeldedrähten sitzen können, ohne sich so abstrampeln zu müssen.

Es trug auch wenig zur Verbesserung der Situation bei, dass unter ihm das Segelboot in einem schönen Bogen an den Klippen vorbei und in sicheres Gewässer glitt. Sulo Auvinen hielt sich mit den Händen an der Stromleitung fest, die mächtigen Flügel hingen kläglich herunter, und der Schwanz zeigte auf die Wellen des Saimaa. Den frommen Lippen des Schutzengels entrang sich ein derber Fluch:

»Verdammter Mist!«

Zum Glück sind Engel unsichtbar, und keines Menschen Ohr kann ihre Worte hören, seien sie auch noch so unpassend. Nach einer Weile ließ Sulo Auvinen die Stromleitung los und schwang sich wieder in die Luft. Heftig mit den Flügeln schlagend stieg er zum Himmel auf, und nachdem er sich beruhigt hatte, nahm er erneut Kurs auf Helsinki.

Abends kam der Schutzengel in Helsinki an. Dort sah er, wie sein Schützling Aaro Korhonen Arm in Arm mit der Serviererin Viivi Ruokonen über den Friedhof von Hietaniemi spazierte. Beide trugen Trauerkleidung, wirkten aber verdächtig fröhlich. Trotzdem beschloss Sulo Auvinen, sich gleich am nächsten Morgen ans Werk zu machen. Aaro musste vor allem Bösen bewahrt werden.

5

DIE ERSTE AUFGABE ALS SCHUTZENGEL

Sulo Auvinen flog nach Helsinki, um sich zunächst einmal zu informieren, was für ein Mann Aaro Korhonen war. Er durchforschte dessen Gedanken, holte seine Vergangenheit und auch alles andere hervor, was Aaros Gehirn ohne sein Wissen dem Engel preisgab. Sulo verschaffte sich auch Kenntnisse über Viivi Ruokonen. Mit dem scharfen Auge des Religionslehrers hatte er registriert, wie innig die beiden einander ansahen. Das konnte durchaus eine ernsthaftere Beziehung und womöglich eine Eheschließung bedeuten. In diesem Fall würden sich die Aufgaben des Schutzengels natürlich erweitern und auf die ganze Familie erstrecken.

Aaro Korhonen hatte zuletzt in Pietarsaari als Verwalter der dortigen Pellet-Fabrik gearbeitet. Geboren war er ursprünglich in Savukoski. Aber schon als kleines Kind war er mit seinen Eltern nach Trelleborg gezogen, dort hatten beide in den Saab-Werken gearbeitet. Als Erwachsener war Aaro nach Finnland zurückgekehrt, hatte seinen Wehrdienst abgeleistet und einige Jahre an der Universität studiert. Die diesbezüglichen Aktivitäten hatten allerdings zu keinem akademischen Abschluss geführt. Außer Sprachen und Literatur hatte er auch noch Soziologie studiert. Er hatte als Sommerredakteur beim *Turkuer Tageblatt* und als Assistent beim Finnischen Rundfunk gearbeitet. Aaro hatte zahlreiche Berufe ausgeübt und diverse Arbeitsplätze gehabt, aber er war trotzdem bodenständig geblieben und hatte sich nicht in der Welt herumgetrieben. Völlig gelassen hatte er branchenübergreifende Kenntnisse und Erfahrungen gesammelt, sodass er imstande war, schwierige Probleme zu lösen und beinahe jeden Job auszufüllen.

Als ehemaliger Religionslehrer interessierte sich Sulo Auvinen natürlich besonders dafür, ob sein Schützling gläubig war und welchen Lehren er möglicherweise anhing. Hier erwartete ihn eine Enttäuschung. Aaro Korhonen war nicht religiös, allerdings auch kein Atheist, sondern eine Art Agnostiker – falls es tatsächlich eine göttliche Welt geben sollte, war nichts dagegen einzuwenden, falls nicht, auch gut – das war sein Standpunkt.

Neben seinen verschiedenen Jobs hatte Aaro Korhonen auch zwei Bücher geschrieben. Eines war ein belletristisches Werk, eine Art Anekdotensammlung: *Die Abenteuer eines Goldwäschers. Auf den Spuren des Urgesteins von Alattio bis Alaska.* Das andere war ein Sachbuch über das Internet-Zeitalter: *Die soziologische Bedeutung der internationalen Aktienmärkte. Eine Untersuchung zur Verelendung in der Welt des elektronisch zirkulierenden Geldes.* Sulo Auvinen konstatierte, dass sein Schützling eine vielseitige Persönlichkeit war, ein ausgeglichener und fester Charakter, ziemlich talentiert und tatkräftig. Auch Aaros Äußeres war nicht übel. Mit seinen vierzig Jahren war er ein wenig kräftiger geworden, aber keineswegs korpulent, eher groß und stabil. Sein Haar war blond, seine Zähne hatten keine Löcher.

Viivi war fünfundzwanzig, ebenmäßig gebaut, eigentlich ein recht hübsches Mädchen. Sie war Bürokauffrau und hatte auf verschiedenen Stellen normale Büroarbeit geleistet, bis sie die Branche gewechselt und angefangen hatte, Hilma Väisänens Café zu betreuen. Viivi hatte mehrere Beziehungen mit Männern gehabt, die letzte war erst kürzlich in die Brüche gegangen, gerade eine Woche bevor Aaro auf der Bildfläche erschienen war.

Hier waren zwei Menschen, um die sich Sulo gut kümmern wollte. Seiner Meinung nach lohnte es. Vielleicht könnte er die beiden – oder zumindest Aaro, der so großartige Anlagen hatte – ganz nebenbei auch ein wenig erziehen. Als ehemaliger Lehrer konnte Sulo nicht ganz von diesen Versuchen lassen. Daran änderte auch nichts, dass er vor fünfzehn Jahren aus dem Schuldienst ausgeschieden, in Pension gegangen und im letzten Winter gestorben war.

Es war bereits später Abend, sodass Viivi und Aaro gerade ihren jeweiligen Heimweg antraten. Viivi begab sich in ihre Einzimmerwohnung in der nahen Caloniuksenkatu und Aaro in sein Hotel *Tapiola Garden*. Bevor sie sich trennten, verabredeten sie, sich am nächsten Tag im Café Väisänen zu treffen. Sie würden detaillierte Pläne für Weiterführung und Ausbau des Cafés schmieden. Beide sprudelten geradezu über vor großartigen Ideen zur Gründung eines neuen netten Kulturcafés. Vielleicht würden sie neben Kakao und Kuchenstückchen alte Bücher verkaufen …, ein Antiquariat ließe sich bestens mit einem Café kombinieren.

Auch Schutzengel Sulo Auvinen begab sich zur Nachtruhe: Engel schlafen nach Art der Geister, indem sie reglos am Himmel schweben, Sulo in der Seitenlage, den Kopf und den linken Arm unter den Flügel geschoben. Im Schlaf schwebte er, vom Nachtwind getragen, in nordöstlicher Richtung bis nach Hämeenlinna, aber morgens bedurfte es nur weniger kräftiger Flügelschläge, und er war wieder in Helsinki. Die Arbeit wartete auf ihn, Viivi und Aaro saßen bereits im Café Väisänen. Viivi füllte Formulare aus, mit denen beide die Verlängerung der Gewerbegenehmigung für das Café beantragten und – abweichend von der bisherigen Praxis – eine Genehmigung zum Ausschank schwach alkoholischer Getränke. Ebenso beantragten sie, in den Geschäftsräumen die entsprechenden Veränderungen vornehmen zu dürfen. Sie machten sich unter anderem Gedanken über die Sanitärräume, den Brandschutz, die Ausbildung der Servierkräfte …, unzählige bürokratische Formalitäten waren zu erfüllen, ehe Aaro Korhonen das Lebenswerk von Hilma Väisänen in der Mechelininkatu weiterführen durfte. Viivi, durch Ausbildung und Praxis geschult, wusste alle Anträge sachkundig auszufüllen, und als Oskari Mättö mit dem Leichenwagen erschien, um sich seinen Traueranzug wieder abzuholen, versprach er, die Papiere bei den entsprechenden Ämtern abzuliefern. Alle drei waren überzeugt, dass es sich um eine bloße Formalität handelte. Für die Öffentlichkeit und auch für die Behörden war es doch nur gut, wenn das alte Café unter kultivierteren Vorzeichen weiter bestehen würde.

Als Oskari davongefahren war, um seinen Auftrag zu erledigen und danach wieder Tote in die verschiedenen Friedhofskapellen zu transportieren, gingen Viivi und Aaro daran, die Wochenprogramme des künftigen Büchercafés zu planen. Viivi fand, dass sie das Café schon in ein paar Tagen eröffnen könnten, sowie die Kühlgeräte und die neue Einrichtung an Ort und Stelle wären.

Inzwischen war Schutzengel Sulo Auvinen herangeschwebt. Er prüfte besorgt Aaros und Viivis Pläne und entschied, dass diese rasch und nachdrücklich gestoppt werden müssten. Es kam für den ehemaligen Religionslehrer auf keinen Fall infrage, dass sein Schützling einfach so und ohne Rücksicht auf die Folgen in seinem Café alkoholische Getränke und nebenbei auch noch fragwürdige Schundliteratur verkaufte. Es war an der Zeit zu handeln, die erste Aufgabe als Engel wartete. Es galt, seine Kenntnisse aus der himmlischen Schulung entschlossen und gnadenlos in die Tat umzusetzen.

Der Schutzengel flog an diesem Tag sämtliche Ämter an, in denen Oskari die ausgefüllten Anträge abgegeben hatte. Mit seinen himmlischen Kräften sorgte er dafür, dass sie allesamt abgelehnt wurden. Es kostete ihn nicht mal große Anstrengungen. Dem Brandschutzinspektor pflanzte Sulo den schweißtreibenden Gedanken an einen Fettbrand im Café in der Mechelininkatu ein, den zuständigen Ingenieur im Bauamt ließ er seine ursprünglichen Papiere überarbeiten, den Vorsitzenden des Hygieneausschusses veranlasste er, sein Mittagessen zu unterbrechen und mehrere Arbeitsmediziner anzurufen, die entsetzt erklärten, dass sie die Eröffnung eines solchen Bakterienherdes nicht einmal zu Versuchszwecken zulassen würden. Und schließlich, bereits ein wenig erschöpft, nahm er Kontakt zu jenem höheren Beamten auf, der für die Bewilligung von Ausschankrechten zuständig war, und der erkannte erschrocken, dass er aufgrund der bestehenden Verordnung für Szenekultur und Alkoholausschank jenen Antrag, den er morgens noch ohne langes Nachdenken befürwortet hatte, eigentlich rundweg ablehnen müsste. So scheiterte Aaro Korhonens und Viivi Ruokonens Plan für das an sich harmlose Caféprojekt, ehe er überhaupt begonnen hatte.

Über diese Eilentscheide wurde Viivi telefonisch informiert. Aaro Korhonen tobte und verlangte Erklärungen. Woran haperte es? Helsinki war voll von Spelunken, eine wüster als die andere, in denen zwielichtige einheimische Gangs und die schlimmsten Mafiabanden der Nachbarländer ihre sündigen Nester hatten, aber ein sauberes und gemütliches Büchercafé durfte seine Türen nicht öffnen in einer Gegend, in der es eindeutig genug potenzielle Kunden gab, die sich nähren und bilden und, im besten Falle, auch dezent vergnügen wollten.

6

AARO SCHLÄFT IM BETT DER VERSTORBENEN

Aaro Korhonen machte eine wütende Runde durch die Helsinkier Ämter. Er äußerte seine Verwunderung darüber, dass ihm für seine neu zu gründende Firma kein Ausschankrecht gewährt wurde und dass sich die Brandschutz- und Hygienebehörden dem Vorhaben widersetzten, obwohl alle Antragspapiere in Ordnung waren. Darüber wunderten sich die Beamten selbst, allerdings nur insgeheim. Sie waren mit Aaro Korhonen einer Meinung, beriefen sich aber flugs auf verschiedene Paragraphen und Bestimmungen, die sie in aller Eile zu ihrem Schutz zusammengetragen hatten. Sie hatten Angst davor, dass sich der Antragsteller über ihr Vorgehen beschweren könnte und dass sie sich für ihre idiotischen Beschlüsse verantworten müssten. Also erklärten sie in der Art des typischen Beamten hochmütig, dass ihm der Beschwerdeweg offenstehen würde, der allerdings lang und teuer wäre und an ihren Entscheidungen voraussichtlich nichts ändern würde. Er täte gut daran, sich zu beherrschen, und vor allem sollte er sich überlegen, welcher Sprache er sich hier eigentlich bediene und wo die Grenze zwischen Kritik und Drohung verliefe. Die Unantastbarkeit des Beamten war in Finnland noch heilig, das müsse auch Korhonen anerkennen.

Heilig, genau so hätte es auch Schutzengel Sulo Auvinen formuliert. Als er Aaro in die verschiedenen Ämter folgte, trübte sich seine Stimmung. Er hatte nur Gutes beabsichtigt, als er sich in das Restaurantprojekt eingemischt und es zu Fall gebracht hatte. Aaro musste doch einsehen, dass er zum Gastwirt, dessen ganzes Sinnen und Trachten darin bestand, entgleiste Sterbliche vollends ins Verderben zu stürzen, nicht taugte? Letzten Endes hatten sich die Dinge zum Guten und Abstinenten gewendet, dass würde Aaro im Laufe der Zeit bestimmt noch selber merken. Trotz alledem beschloss Sulo Auvinen, Aaro irgendwie für die erlittenen Rückschläge zu entschädigen. Vielleicht könnte er ihm eine ansehnliche Summe Geld auf sein Konto transferieren? So etwas ist Engeln immer möglich, im Himmel wird nicht gekleckert. Schließlich ist Geld ein ideeller Wert, und so gesehen sind Geisterwesen ungeheuer reich. Als ehemaliger Religionslehrer entdeckte Sulo Auvinen zum ersten Mal, dass er wirklich große Summen bewegen konnte, und er geizte nicht damit. Hätte er doch nur zu Lebzeiten so hemmungslos mit Geld um sich werfen können! Was hätte er nicht alles anschaffen, was alles unternehmen können ... Plötzlich besaß Aaro mehr Geld als Sulo Auvinen während seines ganzen Lebens.
Nach diesem Aufeinandertreffen mussten sowohl der Schutzengel als auch die Beamten in Helsinki erschrocken feststellen, dass ein gereizter Aaro Korhonen ein ernst zu nehmender Gegner war, der nicht so leicht klein beigab. Wenn Aaro dem Beamten in die Augen starrte, musste der auf einmal dringend zur Toilette. Auch der Schutzengel hatte es nicht leicht. Sulo Auvinen musste zugeben, dass er mit seinem Schützling ernsthaft Stress hatte. Mit Aaro

war nicht gut Kirschen essen. Er war aus hartem Holz geschnitzt.

Einige Tage später wurde eine Auktion des beweglichen Eigentums von Hilma Väisänen veranstaltet, auf der Aaro Korhonen am höchsten bot. Der Preis war gering, denn die Habseligkeiten und die uralten Möbel der Frau interessierten kaum jemanden.

Aaro hatte noch seine Dienstwohnung in Pietarsaari. Er besaß kaum bewegliche Habe, keine Möbel und auch sonst nicht viel, wenn man von den Büchern absah. So würde sein Umzug keine große Sache sein. Er vereinbarte mit Oskari, der ja ein ehemaliger Umzugshelfer war, dass sie gelegentlich zusammen nach Pietarsaari fahren würden, um die Bücher und die anderen Sachen abzuholen und nach Helsinki zu bringen.

Hilma Katariina Väisänens Wohnung war letztlich sehr hübsch, die Wohnzimmereinrichtung mindestens hundert Jahre alt. In einem der Schlafzimmer standen ringsum an den Wänden Regale, die Unmengen von Büchern enthielten, in Doppelreihen, und in der Ecke prangten zwei Biedermeiersofas, Originale aus dem Jahre 1788, allerdings später neu bezogen, sowie ein kleiner verschnörkelter Tisch und eine Stehlampe. Aaro stellte fest, dass die Lampe von 1919 stammte, sie war aus dem damaligen St. Petersburg auf irgendeine wundersame Weise vor den Stürmen der Revolution nach Finnland gerettet worden. An der Decke des Wohnzimmers schimmerte ein Kristallkronleuchter, bei dessen Anblick Sulo Auvinens Geist vor blankem Neid seufzte. Weder er noch seine Frau waren je in den Besitz einer solchen Kostbarkeit gelangt. Viivi zeigte Aaro die weibliche Sammlung der Verstorbenen im Badezimmer:

Lippenstifte, Parfüms von St. Laurent, Tiegel und Döschen zu Dutzenden. Auf den Bügeln im Kleiderschrank hingen seidene Morgenröcke, Pyjamas, ein Abendmantel. Der Fußboden war mit echten Orientteppichen bedeckt.

Das Parkett war erneuert worden, stabiles Riemenparkett, das Viivi einmal pro Monat gebohnert hatte, wie sie sagte. Viele Jahre lang hatte sie Hilma betreut und in ihrem Namen sogar teure Kunstwerke gekauft – Bilder noch und noch, sie lagerten auf dem Dachboden, nummeriert. Zahlreiche Arbeiten von Edelfelt waren darunter, größtenteils gute Kopien, aber mindestens eine oder zwei waren echt. Die Gemälde waren in Wellpappe eingeschlagen, denn man konnte sie ja schließlich nicht in Plastiksäcken aufbewahren.

Die Bibliothek war gut geordnet. Viivi erzählte, dass in den Regalen mehr als zehntausend Bände standen, sie hatte sie vor zwei Jahren gezählt, als sie sie herausgenommen und abgestaubt hatte. Aaro warf einen Blick auf die ledernen Buchrücken: Giuseppe Acerbi, Fenimore Cooper, Johannes Linnankoski, alles Erstausgaben. Auch eine ganze Reihe Raymond Chandler war da, gebunden, ferner eine ledergebundene tschechischsprachige Ausgabe von Tacitus' Jugendwerken sowie Pentti Haanpääs unveröffentlichtes, aber sachkundig gebundenes Manuskript *Sumpfwanderungen.* Sogar die erste finnischsprachige Ausgabe von Nordenskiölds Tagebüchern war da – und Lars Leevi Laestadius' Bibelübersetzung sowie eine wirkliche Rarität: ein 129-seitiges Handbuch der Naturgeschichte und der Floristik aus dem Jahre 1898.

Viivi verweilte im Badezimmer, wo sie sich mit den Stiften der Verstorbenen die Lippen schminkte. Schönes Endergebnis, das musste Aaro zugeben, aber er vermutete, dass

all die Kosmetika inzwischen überlagert waren. Womöglich war das Verfallsdatum längst überschritten.
Viivi erklärte, dass man teure Schönheitspflegemittel von Generation zu Generation weiterbenutzen konnte, sie verfielen nie, sondern waren wie Qualitätsweine.
In diesen Räumen gab es so viele Gegenstände und Bücher, dass Aaro und Viivi damit ein Antiquitätengeschäft mit Antiquariat gründen könnten, und nebenbei könnten sie das Büchercafé betreiben.
»Darf ich kommende Nacht in der Seide schlafen?«
»Von mir aus kannst du sämtliche Kleidungsstücke mitnehmen«, erklärte Aaro.
Als Viivi nach Hause gegangen war, machte Aaro sich sein Lager im Schlafzimmer der alten Frau zurecht. Es kam ihm recht seltsam vor, sich ins Bett einer Verstorbenen zu legen, aber als er ein gutes Buch zur Hand nahm, Fjodor Dostojewskis *Aufzeichnungen aus einem Totenhaus*, kam er schnell zur Ruhe, und schon bald schlummerte er selig.
Jetzt war es auch für den Schutzengel an der Zeit, sich zu entfernen. Sulo Auvinen flatterte zur Caloniuksenkatu und warf einen Blick durchs Fenster des vierten Stocks in Viivis Appartement. Die Serviererin drehte sich vor dem Spiegel im seidenen Morgenmantel, der zweifellos eine schöne Hülle für ihren jungen Körper bildete. Als sie sich anschickte, den Mantel auszuziehen, wurde der Engel verlegen und entschwebte in Richtung Hietaniemi-Park, wo er Höhe aufnahm und sich auf eine Nachtwolke bettete, in deren Schutz er bald einschlummerte. Die Vögel schlafen mit dem Kopf unter den Flügeln, die Engel nehmen im Schlaf die Embryostellung ein. Engel sind im Grunde genommen Säugetiere, Vögel sind Vögel.

7

LITERATUR IM LEICHENWAGEN

An Weihnachten und Johannis, am Ersten Mai und am Muttertag wird niemand beerdigt, sondern die Toten müssen warten, solange die lebenden Menschen feiern. Wie käme sich wohl ein Verstorbener vor, wollte man ihn am Ersten Mai beerdigen? Es wäre nicht würdevoll, inmitten von Jubel, Trubel, Heiterkeit in die Erde gebettet zu werden. Dasselbe trifft auf die anderen Feiertage zu. Jetzt nahte der Muttertag, es war also die Woche vor dem zweiten Sonntag im Mai. Aaro Korhonen und Oskari Mättö beschlossen, nach Pietarsaari zu fahren, um Aaros Sachen und Bücher abzuholen. Oskari handelte mit Bestattungsunternehmer Lindell aus, dass er den Leichenwagen für eine private Tour zweckentfremden durfte, da zwei Tage lang keine Leichen zu transportieren waren. Als Umzugsauto war er bestens geeignet, denn er hatte einen großen Laderaum, auf dem Sargpodest fänden Aaros Habseligkeiten bequem Platz. Oskari hatte einen Vertrauensposten in der Bestattungsfirma, sodass es nur natürlich war, dass man ihm das Auto für einen privaten Zweck auslieh. Allerdings stellte Lindell die Bedingung, dass Oskari den Wagen würdevoll fuhr und dass er auf dem Dach keinen Schaukelstuhl oder Ähnliches befestigte. In den Laderaum durfte er ansonsten so viele Bücher und anderes Umzugsgut stopfen, wie hineinpasste.

Viivi Ruokonen wollte mitkommen, aber leider ging das nicht, denn ein Leichenwagen hat vorn nur Platz für zwei Personen. Ein Liegeplatz wäre noch frei gewesen, aber nur auf der Hinfahrt, sodass Viivi auf der Rückfahrt ein anderes Verkehrsmittel hätte nehmen müssen, und das erschien ihnen nicht vernünftig. Natürlich hätte auch Aaro beispielsweise mit dem Zug seiner Umzugsfuhre nach Helsinki folgen können, aber Viivi wollte auf keinen Fall den Platz von einem der Männer beanspruchen. So fuhren denn Oskari und Aaro am Vorabend des Muttertages ins schwedischsprachige Ostbottnien. Oskari bemerkte:
»Jetzt werden wieder mal die Mütter gefeiert. Wer denkt schon daran, dass unzählige Mütter dauernd schimpfen, dass sie ihre Kinder verziehen und, wenn sie in die mittleren Jahre kommen, so aus dem Leim gehen, dass sie kaum noch durch den Zoll passen.«
Aaro bestätigte, dass das den Tatsachen entsprach, genau genommen war auch seine eigene, bereits verstorbene Mutter eine verdammte Nörglerin, keine besonders gute Erzieherin und im späteren Alter wirklich korpulent gewesen.
»Aber trotzdem hatte ich meine Mutter gern, sie war einfach ein sagenhaft guter Mensch.«
Am Abend erreichten sie Pietarsaari, sie übernachteten in Aaros Dienstwohnung und standen früh am Morgen auf, um zu packen. Die Möbel verblieben an Ort und Stelle, sodass das Packen schnell ging. Die Männer trugen die Bücher, es waren mehrere Hundert Bände, in den Leichenwagen, und obendrauf stapelten sie Aaros Bettwäsche, seine wenigen Anzüge, einen Korb mit Schuhen und ähnliche Dinge. Der Sargraum füllte sich bis unter die Decke mit Büchern und Kleidung.

Bald waren sie bereit für die Rückfahrt. Der Manager der Fabrik erschien, um Aaro zu begrüßen und sein Bedauern zu äußern, dass jener den Verwalterposten aufgegeben hatte. Er selbst wollte in ein paar Jahren in Pension gehen, sodass Aaro ganz sicher zu seinem Nachfolger gewählt worden wäre, hatte man doch in der Fabrik sehr gute Erfahrungen mit ihm gemacht. Andererseits verstand der Manager, dass Aaro mit seinen vierzig Jahren neue Herausforderungen im Leben suchte. Ein kleiner Ort bot nun mal nicht dieselben Möglichkeiten für eine Karriere wie Helsinki.

»Falls du eines Tages den Wunsch hast, wieder nach Pietarsaari zurückzukehren, findet sich hier für einen Mann deines Schlages immer Arbeit, vergiss das nicht«, mit diesen Worten verabschiedete ihn der Manager. Dann bat er darum, mit dem Leichenwagen einmal um den Block fahren zu dürfen, denn er hatte noch nie Gelegenheit gehabt, diese Erfahrung zu machen. Eines Tages würde man ihn zwar damit kutschieren, aber dann könnte er die Fahrt nicht mehr so genießen wie heute. Oskari gab ihm die Schlüssel, und so fuhr er eine Runde durch die Stadt, langsam im Schritttempo, in feierlicher Andacht. Wieder bei den Männern angekommen, wünschte er ihnen einen schönen Muttertag, und sie traten ihre Heimfahrt an.

Schutzengel Sulo Auvinen war seinerseits nach Pietarsaari geflogen und beschloss, dafür zu sorgen, dass auf der Rückfahrt nichts Unangenehmes passierte. Das war schließlich seine Aufgabe, und in diesem Sinne schwang er sich in die Lüfte und flog über dem Leichenwagen dahin wie ein Lotse. Allerdings fand Oskari den Weg nach Helsinki auch ohne himmlischen Wegweiser, ihm genügte eine gewöhnliche Landkarte.

Die Fahrt war kurzweilig. Aaro plante sein Antiquariat und Antiquitätengeschäft. Oskari kündigte an, dass er auf jeden Fall ab und zu vorbeischauen würde, um Viivis Kaffee zu trinken und einen Pfannkuchen zu essen. Vielleicht würde er sogar gelegentlich einen Krimi kaufen. Außerdem versprach er seine Hilfe, wenn es galt, Hilmas Bibliothek nach unten zu tragen.

In Süd-Ostbottnien benutzten sie zur Abwechslung die Nebenstraßen und sahen sich die abgeschiedenen Dörfer an. Aaro überlegte sich, dass er öfter hierherkommen könnte, um für sein Geschäft alte Gegenstände zu kaufen, Butterfässer, Birkenranzen und anderen bäuerlichen Kram. In dieser Gegend überquert die Dorfstraße die Bahnstrecke nach Parkano. Sulo Auvinen, der in einem halben Kilometer Höhe dahinschwebte, sah, dass sich von Süden her ein unglaublich langer Güterzug dem unbeschrankten Bahnübergang näherte. Für alle Fälle beschloss er, das Tempo des Leichenwagens, der sich mit seiner schweren Bücherlast vorwärts kämpfte, zu erhöhen, damit der noch vor dem Zug sicher über die Gleise gelangte. Aaro am Steuer bemerkte bald, dass das Auto schneller wurde. Auch Oskari wunderte sich. War bei der letzten Inspektion der Motor getunt worden, da die alte Mühle ganz von allein dieses rasante Tempo anschlug?

Der Zug ratterte schneller heran, als es sich von oben aus der Luft zunächst hatte ahnen lassen. Sulo Auvinen überlegte, ob es vielleicht doch klüger war, auf die Bremse zu treten und ruhig abzuwarten, bis der Zug vorbei wäre. Die Entscheidung musste schnell fallen, denn bis zum Punkt des Aufeinandertreffens beider Fahrzeuge war es nur noch ein Kilometer. Sulo beschloss, das Risiko einzugehen, und drückte beim Leichenwagen auf die Tube.

»Na hol's der Teufel«, wunderte sich Aaro Korhonen. »Das Ding gehorcht nicht mehr, wahrscheinlich klemmt das Gaspedal.«

Oskari meinte, dass das nur bei Mopeds passierte, dass der Motor nicht mehr gehorchte, aber sicherlich nicht bei einem schweren Leichenwagen. Jedenfalls nicht bei ihm.

Das Tempo des alten Chevrolet erhöhte sich auf hundert, nicht etwa Kilometer, sondern Meilen pro Stunde. Aaro Korhonen schwitzte am Steuer, die Bremsen funktionierten nicht, und der Wagen beschleunigte immer weiter. Dann tauchte der unbeschrankte Bahnübergang auf und ein Zug, der in voller Fahrt herandonnerte.

»Nichts mehr zu machen«, brüllte Aaro, und so war es in der Tat. Aus allen Rohren pfeifend und tutend, stürmte die Lok heran wie ein riesiger Rammbock. Wäre die Geschwindigkeit des Leichenwagens nicht so irrsinnig hoch gewesen, mindestens 200 km/h, wäre er vom Zug zermalmt worden. Aber im allerletzten Moment schoss er vor der Lok über die Gleise und raste in vollem Tempo weiter.

»Geschafft!«, schrie Aaro, aber diese Einschätzung kam verfrüht. Das Tempo war zu hoch, sodass der Leichenwagen am Ende der geraden Teilstrecke in einer Kurve wie eine schwarze Rakete direkt auf den Acker sauste. Am Waldesrand überschlug er sich krachend und blieb platt gedrückt auf dem Dach liegen, die Räder zum Himmel gereckt. Aus den Fenstern und aus der Hecktür waren Bücher gepurzelt und hatten sich über das Feld verteilt, ihre Blätter flatterten im leichten Frühlingswind des Muttertages.

Sulo Auvinen stürzte wie ein Habicht vom Himmel auf das mit Büchern übersäte Feld herunter und betrachtete erschüttert das Ergebnis seiner Bemühungen.
»Verflucht und zugenäht«, entfuhr es dem Schutzengel.

8

VON OBEN REGNET ES NEUE SCHWIERIGKEITEN

Aaro Korhonen und Oskari Mättö krochen mit blutenden Gesichtern aus dem Autowrack. Sie rappelten sich mühsam hoch und prüften, ob sie sich Knochen gebrochen hatten. Zum Glück nicht, und darüber war der Schutzengel besonders froh. Es war zwar ein Unglück geschehen, aber immerhin hatte er im letzten Moment dafür sorgen können, dass die beiden Männer glimpflich davongekommen waren.

Bücher hatten sich aus der Umzugsfuhre mehrere Hundert Meter weit über das Feld verteilt, auf einer Fläche von einem halben Hektar. Lesestoff für viele Jahre für die Leute aus dem Dorf. Aaro machte sich daran, sein Eigentum einzusammeln. Er verharrte bei einem Werk, das er oft gelesen hatte, Charles Dickens' *Leben und Abenteuer des Nicholas Nickleby*. Oskari wiederum stellte Überlegungen an, ob sie nicht, so lohnend des Lesen als Beschäftigung auch sein mochte, lieber einen Arzt aufsuchen sollten, etwa im Gesundheitszentrum. Unbedingt, fand auch Aaro, dem der Schädel dröhnte, außerdem hatte er von Zeit zu Zeit Mühe, sich auf den Beinen zu halten.

Er zückte sein Handy, wählte den Notruf und bat, man möge einen Krankenwagen schicken. Es habe einen schwe-

ren Unfall gegeben, ein Leichenwagen sei von der Straße abgekommen und habe sich auf dem Feld überschlagen.
Der Diensthabende in der Notrufzentrale forderte sie auf, Ruhe zu bewahren, und erkundigte sich dann, wo genau der Unfall passiert sei.
»In Ostbottnien«, erklärte Aaro.
»Wir haben die Gleise überquert und sind ganz in der Nähe, das Auto ist von der Straße aus zu sehen.«
Keiner von beiden vermochte zu sagen, in welchem Dorf sich der Unfall ereignet hatte. Der Schutzengel kannte sich ebenfalls nicht in der Gegend aus. Der Mann in der Notrufzentrale riet ihnen, einen Einheimischen zu fragen, wo sie sich befanden, und dann die Adresse durchzugeben, damit man ihnen Hilfe schicken konnte.
Kein Dorf weit und breit, die Gegend war einsam und öde. Eine ausgedehnte Feldfläche erstreckte sich neben den Gleisen, nicht mal eine Scheune war zu sehen. Die Männer überlegten, ob sie sich vielleicht zu Fuß in irgendeine Richtung aufmachen sollten, obwohl sie beide geschwächt waren. Aber dann tauchte am Rand des Feldes ein Traktor auf, der einen Hänger mit Kunstdünger hinter sich herzog. Er steuerte auf die Männer zu. Aus der Kabine kletterte ein untersetzter ostbottnischer Bauer, der sich über die Fremden wunderte, die da auf seinem Acker herumstanden.
»Ihr seht nicht gut aus.«
Aaro und Oskari erzählten ihm, was passiert war.
»Verhökert ihr Bücher?«
Sie machten dem Bauern klar, dass es sich um Umzugsgut handelte. Der dafür benutzte Leichenwagen lag dort hinten auf dem Dach, war von der Straße abgekommen.

Der Ostbottnier stiefelte zu dem Wagen und bestaunte ihn.
»Ist da ein Toter drin?«
Sie sahen sich veranlasst zu erklären, dass sie nicht auf dem Weg zum Friedhof, sondern zur Klinik waren. Sie hatten weder einen Sarg noch einen Toten dabei.
»Ein Glück, dass der Kerl nicht zweimal sterben musste. Lebend hätte das nicht mal ein Toter überstanden, die Karre ist ja total zusammengefaltet.«
Die beiden fragten ihn, wo sie sich befanden.
»Nu ja …, das hier ist Lettopohja …, drüben hinter den Bahnschienen beginnt schon Pohjanväpse.«
»Welches Kirchspiel? Ist es noch Laihia, oder Jurva?«
»Wir sind in Kurikka, immer schon gewesen.«
Aaro wählte erneut den Notruf. Er bekam die Verbindung und konnte jetzt genauere Angaben über den Unfallort machen. Der Bauer kam an den Apparat.
»Hört zu, schickt den Krankenwagen nach Lettopohja zum Dorfladen, da schaff ich die Männer hin. Bis ihr von Seinäjoki da seid, bin ich auch da.«
Der Bauer half den Unfallopfern auf die Düngersäcke in seinem Hänger. Dann wendete er und lenkte den Traktor zur Landstraße, wobei er aufpasste, dass er keines der verstreuten Bücher unter die Räder bekam. Er drehte sich um und rief den beiden aus seiner Fahrerkabine zu:
»Leseratten, stimmt's?«
Bis zum Laden, der wegen des Muttertags geschlossen hatte, war es etwa eine halbe Meile. Am Ziel angekommen, kletterten Aaro und Oskari vom Hänger herunter. Die Sonne schien warm. Aaro legte sich auf die Laderampe, Oskari rieb sich das Blut vom Gesicht. Der Kaufmann, ein älterer Mann, erschien auf der Treppe, er brachte ein Handtuch

mit, denn er hatte gesehen, in welchem Zustand die Ankömmlinge waren.

»Ich würde auch Kaffee bringen, aber die Frau ist auf einer Muttertagsfeier. Ein Glück, dass ich hiergeblieben bin, jetzt, wo man mich braucht. Nehmen die Herren Brause oder Bier?«

Er brachte zwei Dosen Bier und eine Flasche Mineralwasser nach draußen. Das Bier schmeckte Oskari, aber Aaro bevorzugte Wasser. Ihm war schwindelig. Die beiden fragten, was der Service kostete.

»Es geht aufs Haus. Hier sind seit Jahrzehnten keine so blutigen Männer mehr vorbeigekommen, zuletzt war es 1918, zu Großvaters Zeiten. Wir sind eine alte Kaufmannsfamilie.«

Aus der Ferne ertönte die Sirene des Krankenwagens, der auch bald schon auf den Hof einschwenkte. Oskari leerte seine Bierdose und half dem Fahrer, Aaro auf die Trage zu heben. Er selbst setzte sich nach vorn auf den Beifahrersitz.

Zum Bezirkskrankenhaus von Seinäjoki waren es dreißig Kilometer. Der Fahrer schaltete die Blinkleuchte ein und trat aufs Gaspedal. Seltsamerweise beschleunigte der Wagen nicht wie gewohnt, sondern fuhr maximal Tempo siebzig.

»Verdammt, was ist los, wieso kommt die Kiste nicht«, wunderte sich der Sanitäter.

Der Grund war klar: Sulo Auvinen hatte aus dem Unglück von vorhin seine Lehren gezogen und sorgte jetzt dafür, dass wenigstens der Krankenwagen nicht zu schnell fuhr und, wie der Leichenwagen, im Graben landete. Der Schutzengel hielt in diesem Falle eine Geschwindigkeit deutlich unter 100 km/h für angemessen und sicher.

Auch bei diesem Tempo erreichten sie das Bezirkskrankenhaus, allerdings erst am Nachmittag. Aaro und Oskari wurden untersucht, ihre Wunden wurden gesäubert und genäht, und anschließend brachte man beide auf die Bettenstation. Bei Aaro vermuteten die Ärzte eine Gehirnerschütterung, Oskari war besser dran.

Aaro Korhonen schlief ein und wachte erst auf, als das Abendbrot gebracht wurde. Als er gegessen hatte, fiel ihm ein, Viivi in Helsinki anzurufen. Er erzählte ihr kurz von dem Unfall. Sie erschrak mächtig, wies Aaro an, im Bett zu bleiben, und versprach, auf der Stelle nach Seinäjoki zu kommen und sich um alles zu kümmern.

Am nächsten Morgen erschien eine besorgte Viivi Ruokonen im Krankenzimmer. Sie hatte einen geräumigen Lieferwagen gemietet und war ohne Halt von Helsinki direkt nach Seinäjoki gefahren. Außerdem hatte sie auch Lindell angerufen und ihm erzählt, dass sie beabsichtigte, sich über das Unfallgeschehen zu informieren.

Oskari hatte sich so weit erholt, dass er in der Lage war, Viivi auf den Acker zu begleiten und ihr beim Einsammeln der Bücher zu helfen. Zunächst mussten sie allerdings auf die Polizei warten, die dann auch eine halbe Stunde später erschien. Der örtliche Konstabler befragte Aaro und Oskari über das Geschehen. Aaro berichtete, dass seiner Meinung nach das Gaspedal geklemmt hatte und dass er deshalb eine unfreiwillige Vollgasfahrt hatte machen müssen. Er wäre ansonsten nie mit Tempo zweihundert gefahren und schon gar nicht an einem Bahnübergang.

»Bei langsamerem Tempo wären wir unter den Zug gera-

ten«, mit dieser Bemerkung versuchte Oskari das Ganze abzumildern.
Der Polizist notierte sich: Gibt zu, den Leichenwagen mit 200 km/h gefahren zu haben. Ursache war klemmendes Gaspedal.

9

NORDISCHE STIMMUNG AM LAGERFEUER

Die Versicherung holte den Leichenwagen ab. Viivi verfrachtete die Bücher und die beiden Männer nach Helsinki. Auch Aaros Gehirnerschütterung besserte sich, und so konnten sie gemeinsam darangehen, ihr Antiquitätengeschäft mit Antiquariat einzurichten. Oskari trug Hilma Väisänens Bücher und alten Möbel nach unten ins Erdgeschoss. Aaro putzte die Schaufenster und arrangierte hinter den Scheiben einige Bücher, die ihm in die Hände gefallen waren und von denen er annahm, dass sie die Passanten interessierten: Kaarina Karis *Die Eroberung von Halt* (Kisakalliostiftung 1978), Stig Jägerskiölds *Gustav Mannerheim 1906–1917* (Otava 1965), Katriina Jauhola-Sorjonens *Sibeliushaus* (Edita 2000), mehrere Pekka Lipponens und Kalle-Kustaa Korkkis aus der Outsider-Reihe sowie Michail Bulgakows *Der Meister und Margarita* (WSOY 1968).

Schutzengel Sulo Auvinen sah seinem Schützling beifällig lächelnd beim Dekorieren zu. Wie wahr!, dachte er triumphierend beim Anblick von Bulgakows Buch, der Satan hatte seinen Job in Moskau so ungemein gründlich erledigt, dass das ganze damalige System an seiner eigenen Unmöglichkeit zugrunde gegangen war. Zum Glück war jetzt eine neue Zeit angebrochen, und der Satan hatte keinen Platz mehr in Europa, jedenfalls nicht in Helsinki, wo neuerdings die Engel herrschten. Sulo Auvinen war nach Helsinki gekommen, sagte sich der ehemalige Religionslehrer zufrieden.

Viivi eröffnete das Café ohne Genehmigung, die Kuchen und Torten bezog sie von Ahlenius in der Merikatu, dem besten Zuckerbäcker der nordischen Länder.

Aaro Korhonen hatte das Gefühl, das Ziel seines Lebens erreicht zu haben. Ruhe und Glück, was will der Mensch mehr. Er saß im Café und las die neueste Nummer der Zeitschrift *Bibliophilos*, die einen interessanten Artikel über die Fische und Vögel der Renaissancezeit enthielt. Sein Leben war jetzt mehr als vollkommen, zumal ihm Viivi Honigtee und einen frischen Pfannkuchen servierte.

Nur der Schneeregen, der zum finnischen Frühling gehört, verdarb ein wenig die Stimmung, aber das war rasch korrigiert. Der Schutzengel wischte die Wolken vom Himmel und ließ die Sonne scheinen.

»Aaretti, uns geht es richtig gut, nicht wahr?«, sagte Viivi Ruokonen.

»Stimmt. Auch die Gehirnerschütterung lässt nach.«

Viivi betrachtete Aaro, der seinen Pfannkuchen kaute. Ein netter Mann, wenn auch ziemlich alt, schon vierzig, schade. Doch was bedeuteten letztlich die fünfzehn Jahre Altersunterschied? Die Männer starben sowieso vor ihren Frauen, was also machte es da aus, ob man fünf Jahre früher oder später Witwe wurde. Plötzlich waren ihr diese seltsamen Gedanken peinlich, und sie ärgerte sich über sich selbst. Was hatte sie sich in die Angelegenheiten fremder Menschen einzumischen! Aber die Anwesenheit des Mannes ließ ihr keine Ruhe. Sie fragte ihn, ob er tatsächlich richtige Bücher geschrieben hatte. Er sah ihr verwundert in die Augen, wurde dann rot und erzählte schnell, dass er einfach nur so zum eigenen Vergnügen die Geschichte seiner Heimatgegend, eine Art belletristischer Rückschau auf die einzelnen Epochen der Einödgemeinde Savukoski, schreibe.

»Eine Chronik mehr oder weniger. Wahrscheinlich kommt sowieso nichts dabei heraus, diese ganze Schreiberei ist doch ziemlich kompliziert.«

Viivi dachte im Stillen, dass er vermutlich klüger daran getan hätte, Verwalter der Pellet-Fabrik zu bleiben, das Einkommen wäre sicherer gewesen. Wo lag dieses Savukoski überhaupt? Wohl irgendwo im Norden.

»Hast du schon viel Text fertig, darf ich darin lesen?«

Aaro Korhonen erhob sich behände und eilte nach oben, um seine Mappe zu holen, dann packte er einen Stapel Manuskriptseiten auf den Tisch. Viivi beugte sich hinunter und las das Titelblatt:

Savukoski. Das Leben eines Einöddorfes vom Mittelalter bis ins dritte Jahrtausend, Verfasser A. Korhonen.

Aaro erzählte schüchtern, dass er an den Anfang der Handlung eine Szene mit einem Savukoskier Bärenjäger gestellt habe, eine Art Stimmungsbild von der Atmosphäre am Lagerfeuer in einem Frostwinter irgendwann in den 60er-Jahren.

»Damals wurde ich zwar gerade erst geboren, aber in Büchern darf man ja wohl schreiben, was man will«, erklärte er mit verlegenem Eifer. Dann las er Viivi ein paar Auszüge vor, in denen der Großwildjäger Albert Ikäheimo, genannt Ikä-Alpi, in seinem Winterlager hantiert.

Alpi zerhackt einen Kloben und schnitzt aus dessen trocke-

nem Inneren dünne Späne, sogenannte Spreißel. Als er genügend beisammenhat, sammelt er sie auf und steckt sie in eine Ritze zwischen den Kieferkloben. Nun zündet er die Spreißel an, die Flammen greifen allmählich auf die Kloben über, und sie verkohlen. Das Lagerfeuer ist entzündet – Alpi beabsichtigt, draußen an einem vereisten Bach im Tal des Pöytesvaara zu übernachten.

»Solche Stimmungsbilder sagen dir wahrscheinlich nichts?«, fragte er Viivi. Sie bat ihn weiterzulesen, obwohl sie sich tatsächlich nicht sonderlich für den Bärenjäger von anno dunnemals interessierte.

Alpi holt Brot und getrocknetes Rentierfleisch aus seinem Rucksack. Er schneidet von dem Brot dünne Streifen ab, die er abwechselnd mit dem Rentierfleisch verzehrt. Der Kessel ist heiß: Alpi schneidet mit der Spitze seines Dolches eine Kaffeepackung auf, schüttet nach Augenmaß Kaffee in das siedende Wasser, dann nimmt er den Kessel vom Feuer, damit sich der Kaffee setzt.

Aaro war so eifrig bei der Sache, dass er aufstand und eine richtige Lesung für Viivi veranstaltete, die jetzt konzentriert zuhörte.

Die Abendsonne geht langsam unter. Der große Schatten des Pöytesvaara fällt auf Alpis Standort. Die Landschaft verdunkelt sich. Das Feuer glüht rot zwischen zwei Holzkloben. Alpi greift nach dem Kessel und füllt seinen Becher, er schnitzt sich aus einem Birkenreis einen Stab zum Umrühren und genießt in aller Ruhe den heißen, schwarzen Kaffee.

Langsam senkt sich die Nacht über die Einöde. Der Frost verschärft sich und lässt den matschigen Schnee hart und fest werden. Die Landschaft ruht still in der grimmigen Kälte. Überall breitet sich Dunkelheit aus, nur an Alpis Lagerplatz glüht mitten im Dunkeln ein matter roter Schimmer. Das gleichmäßig brennende Lagerfeuer beleuchtet die Umgebung. Alpi legt sich unter sein Schutzdach, die Flammen des Feuers wärmen ihn. Ikä-Alpi hat an die Tausend Füchse, dazu mehrere Wölfe, etwa zwanzig Vielfraße und Luchse sowie achtundvierzig Bären erlegt. Er ist Finnlands mächtigster Raubtierfänger und -jäger.

Aaro legte die Manuskriptseiten aus der Hand und blickte durchs Schaufenster auf die Straße. Irgendwie fand er es schön, dass er Viivi seine Ergüsse vorgelesen hatte. Obwohl er das Mädchen kaum kannte, war alles irgendwie ganz zwanglos. Sie schwiegen beide, Viivi kam näher und lachte dann unruhig.

»Heutzutage töten die ›Fuchsmädchen‹ in einer einzigen Nacht tausend Füchse«, sagte sie und streichelte Aaros Haar.

Er erzählte ihr, dass man in Savukoski letzten Sommer Gold gefunden hatte, und zwar im Kies am Ufer des Värriöjoki. Keine großen Mengen, Touristen hatten ein paar kleine Krümel ausgewaschen, aber immerhin.

»Die Gemeinde plant bereits für den Herbst Goldwäscherwettkämpfe oder irgendwelche Kurse. Mich haben sie auch eingeladen, weil ich dieses Buch schreibe. Wäre es nicht großartig, am Fluss Geld zu machen?«

Viivi dachte bei sich, dass sie wohl nicht einfach so mit einem fremden Mann verreisen würde, aber wer weiß.

»Es wäre natürlich toll, reich zu werden. Man müsste einen Klumpen Gold finden, der ein ganzes Kilo wiegt. Was könnte man dann nicht alles kaufen!«

Der Schutzengel hatte Aaro Korhonens Lesung zunächst gleichgültig gelauscht, aber je mehr der Vortragende von der Lagerfeuerstimmung wiedergab, desto mehr wurde Sulo Auvinen für das Thema sensibilisiert. Nach Ende des Vortrags begann er, Tapio Rautavaaras bekannten Erfolgstitel von der Nachtstimmung am Lagerfeuer vor sich hin zu summen. Als Religionslehrer hatte er zwar sein ganzes Leben lang Kirchenlieder gesungen, aber er kannte auch diesen wehmütigen Schlager, an dessen Text er sich gut erinnerte. Sulo war richtig gerührt von seinem eigenen Gesang und hob die Stimme. Dabei dachte er an den im Manuskript erwähnten Jäger Ikä-Alpi, und zum Schluss ließ er seine Stimme in ihrer ganzen Feierlichkeit laut schallen. Zum Glück ist der Gesang der Engel für des Menschen Ohr nicht wahrnehmbar, sonst hätte Sulo Auvinens Darbietung das ganze umliegende Viertel aufgeweckt.

Aaro Korhonen stimmte ganz ungezwungen in den Gesang seines Engels mit ein. Ihm kam Rautavaaras Melodie in den Sinn, und ein tiefer innerer Zwang und der Zauber des Augenblicks ließen ihn laut grölen. Am erstaunlichsten war, dass sogar Viivi, eine junge Städterin, ihre Nase zur Decke emporreckte und mitsang, und sie kannte alle Strophen, obwohl sie den besagten Schlager zuvor noch nie gesungen hatte. Doch es ist ja schon öfter vorgekommen, dass die Menschen unverhofft in einen Engelschor einstimmten.

Dreistimmig, mit zwei für das menschliche Ohr wahrnehmbaren Stimmen, sangen sie:

Ein wärmendes Feuer in Lapplands Nacht,
ich starre in die Flammen ...

Zu gegebener Zeit endete die zu Herzen gehende Darbietung. Viivi und Aaro fielen einander lachend um den Hals. Vor allem Viivi wunderte sich, wieso sie diese altmodische Schnulze gesungen hatte, denn sie hatte sie nur einmal vor Jahren im Radio gehört.

»Das Lied ist ja wirklich schön, und dein Buch wird ganz prima, du brauchst nicht mal viel zu korrigieren.«

Von dem hier besungenen speziellen Lagerfeuer, dem Ritzenschein, hatte Viivi als kleines Mädchen stets angenommen, dass damit das durch die Tür- oder Fensterritze eindringende Licht gemeint sei. Ein paar freche Jungen hatten allerdings behauptet, die Frauen hätten zwischen den Beinen einen Ritzenschein ... und gewissermaßen schöpft ja daraus auch der Bedürftige nachts Trost, Licht und Wärme.

10

EIN GELDEINGANG KANN NICHT VERHINDERT WERDEN

Infolge des Autounfalls war Aaro Korhonens Gesicht geschwollen und mit blauen Flecken übersät. Viivi verrieb lindernde Salben darauf, die aber ihren Zweck verfehlten. Nun mischte sich der Schutzengel ein, der die junge Frau aufforderte, in die Apotheke oder ein Reformhaus zu gehen und wirksamere Linimente zu kaufen.

»Mir fällt gerade ein, dass ich in die Eerikinkatu gehen und dir aus dem Reformhaus was Besseres holen könnte.«

Sulo Auvinen flog voran. Endlich hatte er wieder das Gefühl, gebraucht zu werden, er tat, wozu er berufen war. Das Wohlbefinden des Schutzbefohlenen war eben die eigentliche Aufgabe eines Engels.

Im Laden angekommen, erkundigte sich Viivi bei der Verkäuferin nach einer Salbe, die zur Heilung von Beulen und blauen Flecken geeignet war. Sulo Auvinen hatte sich ebenfalls in den Laden gezwängt und ging, die Flügel hinter sich herschleifend, zwischen den Regalen mit all den Dosen und Döschen umher. Da erspähte er ganz oben unter der Decke ein Fläschchen mit einem Mittel, das seiner Meinung nach gegen blaue Flecken half, und er informierte Viivis Unterbewusstsein über seinen Fund.

»Das dort hätte ich gern«, entschied sie und zeigte mit dem

Finger auf die vom Engel entdeckte Arznei. Diese stand jedoch so hoch, dass weder Viivi noch die Verkäuferin ohne Leiter herankamen. Eilfertig versuchte Sulo Auvinen, den Frauen zu helfen, er hob seinen mächtigen Flügel zur Decke und wollte das Fläschchen herunterfegen. Doch unter der Berührung des langen Flügels kippte das ganze Regal um. Hunderte Dosen fielen auf den Steinfußboden und zersprangen in Tausend Stücke. Der Boden färbte sich von all den farbigen Pillen kunterbunt.

Diese Einkaufstour bescherte Aaro Korhonen eine Rechnung über sechshundert Euro, die Sulo Auvinen natürlich noch am selben Tag bezahlte. Dafür aber wirkte die Salbe, und Aaros Gesicht nahm bald wieder seine ursprüngliche Form und Farbe an.

Am nächsten Morgen ging Aaro Korhonen zur Bank und staunte nicht schlecht. Auf seinem Konto waren hunderttausend Euro aufgetaucht. Die Daten des Einzahlers gingen aus dem Beleg nicht hervor. Was hatte das zu bedeuten? Handelte es sich um einen Irrtum, wer steckte hinter der Überweisung? Aaro kehrte ins Café zurück und zeigte Viivi den Auszug. Sein Konto war schon vorher gut gefüllt gewesen, aber diese neue Gutschrift trieb den Saldo in beachtliche Höhen, er betrug jetzt hundertsiebzigtausend Euro. Ein schönes Startkapital für einen frischgebackenen Antiquar.

Schutzengel Sulo Auvinen lächelte zufrieden, während er Aaro beobachtete, der nicht aufhören konnte zu staunen. Immer wieder wird behauptet, dass Geld nicht glücklich macht, aber als armer Religionslehrer wusste Sulo aus Erfahrung, dass eben gerade doch das Geld seinem Besitzer Glück brachte und auf jeden Fall das Leben erleichterte, Sicherheit und jede Menge Annehmlichkeiten mit sich brachte. Geldlosigkeit bedeutet zwar nicht immer großes Unglück, zieht aber zwangsläufig ewiges Knausern und Sparen nach sich. Wer lebt lustiger, die Kirchenmaus oder ihre Artgenossin im Getreidesilo? Vom Glück der Armut hatte Sulo genug. Aaros Finanzen waren jetzt auf einem guten Stand, und das stimmte den Schutzengel froh.

Am Ende der Woche kam mit der Post ein Bußgeldbescheid aus Seinäjoki, tausendzweihundert Euro, also dreißig Tagessätze, für überhöhte Geschwindigkeit und gefährliches Verhalten im Straßenverkehr. Aber jetzt war ja genug Geld da, und Aaro brauchte gar nicht erst in Erwägung zu ziehen, die Strafe umwandeln zu lassen und im Gefängnis abzusitzen.

Da Aaro Korhonen sowieso schon mit der Polizei zu tun hatte, verfiel er auf die Idee, sich an die Abteilung für Wirtschaftsdelikte im Landeskriminalamt zu wenden. Er erkundigte sich, was die Beamten von den hunderttausend Euro hielten, die überraschend und ohne Aufforderung auf seinem Konto aufgetaucht waren. Welche Maßnahmen sollte er als Kontoinhaber ergreifen, oder wäre es das Klügste, sich einfach mit dem Geschehen abzufinden, damit, dass irgendein unbekannter Spender sich bemüßigt gefühlt hatte, einem Antiquar beim Start ins Geschäftsleben zu helfen?

Bestattungsunternehmer Lindell rief an und sagte, dass Aaro den Eigenanteil bei der Versicherung des Leichenwagens, der freilich gering war, bezahlen müsste. Der Verband der Bestattungsinstitute hatte für seine Mitglieder günstige Konditionen für Autoversicherungen aushandeln können – im Allgemeinen fuhren ja Leichenwagen nicht mit überhöhter Geschwindigkeit, und das Unfallrisiko war gering. Vor vierzig Jahren war es zuletzt vorgekommen, dass ein Leichenwagen in einen tödlichen Autounfall verwickelt gewesen war, und selbst da hatte ein betrunkener Autodieb dahintergesteckt. Der bedauerliche Vorfall hatte sich in Keuruu ereignet. Der tote Nichtsnutz war aus dem verunglückten Wagen herausgezerrt und in die Leichenkammer des Krankenhauses gebracht worden. Später hatte man ihn dann in einen Sarg gebettet und zum Friedhof gefahren, mit eben jenem Wagen, den er gestohlen hatte. Die Reparatur des verbeulten Fahrzeugs hatte etwa so viele Tage beansprucht wie die Obduktion des Mannes und die anderen erforderlichen Vorbereitungen.

Das Landeskriminalamt interessierte sich derart für die mysteriöse Überweisung an Aaro Korhonen, dass eines Morgens eine Polizeistreife bei ihm im Laden erschien und ihn verhaftete. Die Ermittler in der Wirtschaftsabteilung waren zu dem einhelligen Schluss gelangt, dass dieser Antiquitätenhändler auf besonders dreiste Art und Weise versucht hatte, einige der fähigsten Kriminalisten des Landes zu täuschen. Es handelte sich offensichtlich um eine illegale Geldwäscheoperation, bei der versucht wurde, den Polizeiapparat, speziell jene Kräfte, die in Wirtschaftsdelikten ermittelten, auszunutzen. Ein so mieser Trick war den Beamten noch nie untergekommen.

Aaro Korhonen saß betrübt in einer öden Zelle des Polizeigefängnisses von Pasila und zerbrach sich den Kopf darüber, was er jetzt tun sollte. Hohe Bußgelder für Verkehrsdelikte und Geldwäsche, keine geringe Sündenlast für einen unbescholtenen Mann.

Viivi Ruokonen hielt Antiquariat und Café geöffnet, sie war ja nicht schuld daran, wie sich die Dinge entwickelt hatten.

Sulo Auvinen verfolgte besorgt die Ereignisse. Er konnte nicht verstehen, warum man seinem Schützling derart übel mitspielte. Jetzt war eine Situation eingetreten, in der die Allmacht des Schutzengels wirklich gebraucht wurde. Sulo beschloss, erneut zu handeln. Zuallererst musste Aaro aus der Untersuchungshaft geholt werden, und dann musste eine anständige Frau für ihn her. Viivi Ruokonen war für Aaro zu jung, das war Sulo klar, und er überlegte, wer für ihn als Partnerin infrage kam.

Die Welt ist voll von Frauen, jeder zweite Mensch ist eine Frau. In Aaros Fall musste es eine sein, die ihren Grips beisammenhatte, kein Weibchen, sondern eine, die ihren eigenen Willen hatte und die Fähigkeit, alles durchzusetzen, was sie sich vornahm. Sulo Auvinen erinnerte sich, dass er vor fünf Jahren – noch zu Lebzeiten – Referent auf einer Rüstzeit in Lieksa gewesen war. Damals hatte er eine fromme Frau von etwa vierzig Jahren kennengelernt, die also jetzt auf die fünfzig zuging und die in jeder Weise für den Zweck geeignet war: stattliche Figur, feste Prinzipien hinsichtlich der Lebensweise, unerschütterliche Abstinenz und ein Selbstbewusstsein von fast beneidenswertem Ausmaß. An ihr hätte Aaro einen wahren Schatz, besser ging es gar nicht. Diese Frau hieß Ritva Nuutinen.

Der Schutzengel flößte Fräulein Nuutinen eine gewaltige Portion Liebe ein und lenkte diese neuen Gefühle nach Helsinki in die Mechelininkatu. So Hals über Kopf verfiel eine Frau in mittleren Jahren nicht einem unbekannten Mann. Sulo Auvinen hatte jedoch im Laufe seines langen Lebens genug Erfahrungen gesammelt, vor allem das Seelenleben und die Liebessehnsucht einsamer Frauen verstand er gut. Er ließ Fräulein Nuutinen in einen leichten

Schlummer fallen, in dessen weicher Umarmung er sein süßes Werk vollzog. Mehr war nicht nötig. Umgehend machte sich die resolute Frau an die Reisevorbereitungen. Die Frischverliebte stieg in die Regionalbahn und fuhr nach Joensuu, von dort weiter mit dem Schnellzug nach Helsinki, wo sie gegen Morgen eintraf. Um diese Zeit wurde auch Aaro Korhonen aus dem Polizeigefängnis von Pasila entlassen, denn es hatten sich keine Beweise gegen ihn gefunden. Das Geld war einfach auf seinem Konto aufgetaucht, und fertig.

Besessen von zielstrebiger Liebe, fuhr Fräulein Nuutinen mit dem Taxi in die Mechelininkatu und bestellte bei Viivi Ruokonen ein leichtes Frühstück – eine Tasse Milchkaffee und ein Stück Obstkuchen. Dabei warf sie einen Blick auf den Ladeninhaber und entschied, dass dies der Mann ihres Lebens war.

Schutzengel Sulo Auvinen breitete zufrieden seine gewaltigen Schwingen aus und dachte bei sich, dass es zwar auf Aaro Korhonens irdischem Weg ein paar Missgeschicke gegeben hatte, doch spätestens jetzt eröffnete sich ihm wieder ein glückseliges Leben.

11

FRÄULEIN NUUTINENS ERKUNDUNGSANGRIFF

Ritva Nuutinen war von Beruf Lehrerin. Sie hatte also noch ihren ganzen Sommerurlaub vor sich, denn das Schuljahr endete in Kürze. Die Nuutinen hatte an ihrer Grundschule in Lieksa mit dem Rektor vereinbart, dass sie ihren Urlaub ein paar Tage früher antreten würde. Die übliche Hymne auf den Sommer mochte an ihrer Stelle eine andere Lehrerin mit den Kindern singen. Sie selber hatte den geheimnisvollen, Herzklopfen verursachenden Wink bekommen, nach Helsinki zu fahren – im Traum war ihr ein vierzigjähriger, ansprechend aussehender Mann erschienen, der in der Mechelininkatu ein Antiquariat gegründet hatte. Ritva Nuutinen wunderte sich durchaus nicht über die Detailliertheit und Präzision der Anweisungen, die sie im Traum erhalten hatte. Sie war ein gläubiger Mensch, und für sie waren Gottes Wunder klar verständlich und keineswegs unergründlich. Im Traum hatte sich ein Bekannter an sie gewandt – der vor einiger Zeit verstorbene Religionslehrer Sulo Auvinen, der ihr erzählt hatte, dass er der Schutzengel jenes besagten Mannes sei und dass er sie und ihn miteinander bekannt machen wolle. Auf diese Weise hatte Sulo Auvinen die Sache eingefädelt, und jetzt war Fräulein Nuutinen also in Helsinki und betrachtete gedan-

kenverloren ihren Auserwählten. Eine angenehm wirkende Erscheinung, in der Tat. Was würde dieser Mann wohl sagen, wenn er wüsste, was ihr Anliegen war? Nun, das würde er schon noch herausfinden, jetzt war erst mal Vorsicht geboten. Der erste Kontakt kann manchmal das ganze Match entscheiden. Auf der Bahnfahrt hatte Ritva Nuutinen genügend Zeit gehabt, mehrere Alternativen zu entwickeln, wie sie sich in dem Antiquariat verhalten wollte. Sie verfügte, resultierend aus ihrer Lehrtätigkeit, über ein sicheres Auftreten, und sie hatte sich gründlich auf die Begegnung vorbereitet. Parfüm, eine schöne Frisur, ein schickes Jackenkleid und natürlich Strümpfe, Schuhe und Bluse, alles saß tipptopp an der zielstrebigen Trägerin.
In der Mechelininkatu plauderte Ritva Nuutinen dies und das und beobachtete dabei Aaro Korhonen wie auch Viivi Ruokonen. Das kleine Schäfchen hantierte im Café und zwischen den Bücherregalen, als wäre sie die Besitzerin. Nun, die Zeit würde zeigen, welche Stellung das Mädchen in diesem Laden hatte. Ritva Nuutinen hatte sich bereits im Zug fest vorgenommen, nicht so leicht aufzugeben. Sie fühlte, dass sie einen inneren Auftrag erhalten hatte, der ihr ungeheuer entgegenkam. Sie war bisher von männlichen Einflüssen verschont geblieben – wenn auch nicht in jeder Hinsicht, so doch im Sinne einer dauerhaften Bindung. Inzwischen hatte sie ein Alter erreicht, in dem es höchste Zeit für die entsprechenden praktischen Schritte wurde, wenn sie wenigstens noch ein paar Jahre vor ihrem Tod mit einem männlichen Wesen zusammenleben wollte. Mindestens Hundert auf verschiedenste Art unsympathische Kerle hatte sie im Laufe ihres Lebens abgewiesen.

Gar so berechnend war Fräulein Ritva Nuutinen nicht, wenn auch nicht wirklich anders. Sie hatte eine streng religiöse Weltanschauung sowie einen deutlichen Hang zu Mystik und Mythologie. In jungen Jahren hatte sie sich mit allerlei unschuldigen Geheimlehren wie Spiritismus und Wahrsagen beschäftigt, hatte sich aber auch von satanistischen Ritualen, wie sie die heutige Jugend veranstaltet, angezogen gefühlt. Diese Idee hatte sie sich allerdings entsetzt verboten. Sie hatte verwundert konstatiert, dass der Satan offenbar Zeit und Muße für allerlei Nichtigkeiten hatte, wenn er eine gewöhnliche Lieksaer Grundschullehrerin zu der Schar seiner Jünger locken wollte.
»Sie haben ausgezeichneten Kuchen, woher stammt er?« Fräulein Nuutinen kostete von dem Obstkuchen, den Viivi ihr abgeschnitten hatte und der tatsächlich ein wunderbares Aroma hatte und leicht und reichhaltig zugleich war.
Viivi erzählte ihr, dass der Kuchen aus Kaivopuisto von Konditor Ahlenius kam. Die Sandwichs machte sie selbst aus frischem Baguette und Aufschnitt.
Aaro Korhonen ordnete indessen Bücher. Aus den Augenwinkeln warf er ab und zu einen Blick zu der Kundin, die die Beine übereinandergeschlagen hatte, wie es manche Frauen zu tun pflegen. Ihre Strümpfe hatten Nähte, und das Oberteil des Jackenkleides stand vorn so weit offen, dass die Spalte zwischen den üppigen Brüsten vielversprechend daraus hervorleuchtete. Trotzdem hatte die Frau etwas Zurückhaltendes. Sie trug eine Brille, ihre Haare waren streng im Nacken zusammengerafft und wurden von einer Spange gehalten. Aaro sagte sich, dass sie möglicherweise eine Stammkundin werden könnte.
Aaros Antiquariat war noch in keiner Weise beworben

worden. Trotzdem hatten sich bereits einige Passanten hineinverirrt. Einer hatte eine Tasche mit Büchern gebracht, die Aaro gekauft hatte. Andere hatten sich damit begnügt, die Auswahl im Antiquariat zu prüfen, und als sie festgestellt hatten, dass sie recht bescheiden war, waren sie wieder gegangen. Aaro machte das nichts aus, er fand es auch nicht schlimm, wenn er den ganzen Sommer hindurch kein einziges Buch verkaufen würde. Er freute sich, dass er endlich mal Zeit zum Lesen hatte und das Sortiment richtig ordnen konnte.

Zerstreut blätterte Aaro in Crane Brintons Werk *Ideologien und Menschen. Die Etappen westlichen Denkens*. Es war ein ziemlicher Wälzer, mehr als sechshundert Seiten. Der Verlag Otava hatte es, wie er sehen konnte, 1964 publiziert. Aaro überlegte, welchen Preis er dafür verlangen sollte. Frau Väisänen hatte offensichtlich darin gelesen, denn einige Sätze waren mit Bleistift unterstrichen. Kein übles Buch also, was würde ein Kunde dafür bezahlen? Aaro hatte noch keine diesbezüglichen Erfahrungen, und so begnügte er sich damit, auf dem ersten Blatt einen seiner Meinung nach mäßigen Preis von fünfzehn Euro zu notieren. Das Buch hatte schon fast seinen Platz in dem Regal gefunden, an dem Aaro einen Zettel angebracht hatte, auf dem stand: *Philosophie – Psychologie – Erziehung – Essays.* Aber dann kam die neue Kundin vom Café in den Laden herüber und wünschte eben dieses Buch zu sehen. Sie blätterte eine Weile darin und erklärte, dass er ohne Weiteres zwanzig Euro dafür verlangen könne, denn es handele sich um eine gute Darstellung der ideologischen Strömungen der 60er-Jahre. Wie beiläufig erwähnte sie, dass sie das Werk einst selbst gelesen hatte. Aaro staunte. Wenn die Frau gleich über das erste Buch, das ihr ins Auge fiel, Bescheid wusste, war sie bestimmt ein gebildeter Mensch, oder handelte es sich um einen puren Zufall? Wie auch immer, interessant war das Ganze schon.

Viivi fuhr heftig mit dem Wischlappen über den nagelneuen, glänzenden Tresen. Es bestand keine Notwendigkeit, ihn zu putzen, aber Viivi war in so gereizter Stimmung, dass sie irgendetwas tun musste, und so griff sie eben zum Wischlappen. Sie mochte die verblühte alte Schachtel, die im Geschäft aufgetaucht war, überhaupt nicht. Man sah ihr an, dass sie kein anständiger Mensch war. Als Frau erkannte man so etwas schon von Weitem.

Der Spürsinn der Frauen hin oder her, aber eine gewisse Raffinesse vermochte Fräulein Nuutinen durchaus an den Tag zu legen. Sie bewegte sich unschuldig geschmeidig und scheinbar planlos in Aaros Nähe, achtete aber sorgfältig darauf, dass ihr Körper und ihr Gesicht stets in günstigem Licht und in einer Position erschienen, die sie für den Betrachter vorteilhaft wirken ließen. Eine leise Berührung der Hand beim Zurückgeben des Buches und der Anflug eines verlegenen, aber sinnlichen Lächelns gehörten dazu. Der Duft ihres Parfüms schwebte dezent zwischen den staubigen Bücherregalen, er wirkte einladend, ohne aufdringlich zu sein, zugleich aber auch irgendwie frisch und gesund.

Fräulein Nuutinens Einschätzung zufolge war ein erster Kontakt hergestellt, der jetzt mit sanfter Hand gepflegt werden musste. So war es nicht angebracht, einen direkten Frontalangriff zu starten. Das Mädchen im Café hatte bereits gemerkt, dass sie, Ritva, möglicherweise etwas anderes vorhatte, als nur Kaffee zu trinken und ein Stück Kuchen zu essen.

Ritva Nuutinen zupfte ihr Jackenkleid zurecht und schickte sich an zu gehen. Sie war eine gut aussehende Frau, dessen war sie sich bewusst. Sie hätte durchaus den einen oder anderen Mann abkriegen können, aber irgendwie hatte sie die Sache nicht gepackt. Doch noch hatte sie ja Zeit zu handeln.

»Ihr Café und Ihr Geschäft sind wirklich hübsch. Bestimmt verirre ich mich ein weiteres Mal hierher. Ich besitze eine recht ansehnliche Sammlung älterer religiöser Literatur. Gern würde ich Ihnen gelegentlich einige Bände anbieten, wenn es Ihnen recht ist?«

Aaro Korhonen stotterte, dass er kein ausgesprochener Freund religiöser Werke sei, obwohl die ältere Literatur an sich natürlich zum Angebot des Antiquariats zähle.

»Sie werden sehen, dass ich Ihnen kein x-beliebiges Gefasel und Geschwätz anbiete, sondern niveauvolles christliches Gedankengut und vielleicht auch noch einige Werke mit Bezügen zur Mythologie.«

Ritva Nuutinen verließ das Geschäft in dem Wissen, dass der erste Erkundungsangriff geglückt war. Aaro Korhonen war entwaffnet, jedenfalls vorläufig. Mit Dankbarkeit dachte Ritva Nuutinen an ihren geistlichen Vater und begab sich ins Hotel *Helka,* wo sie ihr Notizbuch aufschlug und sich daranmachte, die zweite Etappe des Kampfes zu planen.

12

NUUTINEN UND RUOKONEN GERATEN IN STREIT

An den nächsten beiden Tagen blieb Ritva Nuutinen dem Antiquariat-Café Korhonens fern. Sie nutzte die Zeit, um sich alte religiöse Literatur zu beschaffen. Auch sonst war es ihr wichtig, sich mit den antiquarischen Buchhandlungen in Helsinki vertraut zu machen, damit sie sachkundig mit Aaro Korhonen über Fachprobleme diskutieren und ihm so helfen konnte.

Sulo Auvinen war zu Lebzeiten in jeder Weise gebildet und kultiviert gewesen, ein Gentleman eben. Nach seinem Tod und nachdem er ein Engel geworden war, hatte er seinen Stil beibehalten, vielleicht sogar noch verfeinert. Als nun Fräulein Ritva Nuutinen nach Helsinki gekommen war und, Sulos Wunsch entsprechend, begonnen hatte, Aaro Korhonen zu bezirzen, wollte er bei diesen wichtigen Schritten möglichst dabei sein.

Also ging er mit ihr in verschiedene Antiquariate, wo sie alte Bücher kaufte und geistreich über bibliophile Themen plauderte. Aber das genügte nicht. Sulo Auvinen begriff, dass eine Frau außer dem geistigen Rüstzeug auch ein attraktives Äußeres brauchte. Ritva Nuutinen musste nicht groß überredet werden, Kaufhäuser zu besuchen und ihre Garderobe sowie die Auswahl an Parfüms zu vervollständigen. Sogar zu Ikea hetzte Sulo sie, weil er gehörte hatte, dass dort auch allerlei Kleinkram angeboten wurde, den eine Frau möglicherweise für ihren persönlichen Bedarf gebrauchen konnte. Also mit dem Taxi raus auf die Turkuer Autobahn und zu Ikea. Weil Sulo mit seinen langen Flügeln nicht in einen Pkw passte, flog er vorweg und wartete vor der Drehtür, als das Fräulein eintraf.

Sulo Auvinen verbeugte sich höflich und ließ Ritva Nuutinen den Vortritt. Dabei verhedderte sich der langflügelige Engel jedoch in der Türschleuse, die Federn stoben nur so und – was besonders peinlich war – Fräulein Nuutinen fiel der Länge nach ins Vestibül des Möbelhauses. Es knallte unheilverkündend, als sie mit dem Kopf auf dem Fußboden aufschlug. Zum Glück entstand auf der Stirn keine allzu große Beule. Auf der Damentoilette rieb sich Fräulein Nuutinen eine beruhigende Salbe auf die Schläfen, und als sie ihre kleine Beule mit Puder bedeckt hatte, sah alles wieder mustergültig aus.

Am dritten Tag zog sich Fräulein Nuutinen ihre gewöhnliche Alltagskleidung an, wobei sie allerdings darauf achtete, dass diese ordentlich und stilvoll war, dass die Frisur saß und das Parfüm hochwertig war. Da der Frühling, diese herrliche Jahreszeit, sich seinem Ende zuneigte, kaufte sie einen Strauß gelber Narzissen und stattete damit Korhonens Büchercafé einen Besuch ab.

Viivi Ruokonen freute sich nicht sonderlich, als sie Fräulein Nuutinen wiedersah, und als die ihr die Blumen überreichte, hätte sie ihr den Strauß am liebsten ins Gesicht geklatscht.

»Ich habe mich entschlossen, Ihnen die schönsten Blumen des Frühlings zu bringen. Zwischen alten Büchern und

Möbeln muss es doch auch etwas ganz Frisches und Schönes geben, nicht wahr?«

Aaro Korhonen suchte in den Beständen von Frau Väisänen eine Vase, die er in der Küche des Cafés mit Wasser füllte. Viivi stellte die Blumen hinein. Dann musste noch beschlossen werden, wo sie ihren Platz finden sollten. Viivi erklärte in strengem Ton, dass sie jedenfalls nicht ins Café kämen, heutzutage hatten die Leute Asthma, und viele waren allergisch gegen Pollen und Blumenduft. Fräulein Nuutinen stellte die Vase ins Schaufenster zwischen alte Bücher und Gemälde. Sie dekorierte die Auslagen neu, und es war nicht zu leugnen, dass alles sehr hübsch wurde.

Als sie damit fertig war, ließ sie ihr perlendstes Lachen hören, gab dem verdutzten Aaro Korhonen die Hand und ging zur Tür hinaus.

Ihren nächsten Angriff startete sie schon einen Tag später. Sie packte die alten religiösen Werke, die sie im Laufe der vergangenen Tage in den Antiquariaten erworben hatte, in eine große Tasche, schleppte sie zu einem Taxi und ließ sich zum Büchercafé in der Mechelininkatu fahren. Dort begrüßte sie Viivi Ruokonen gleichgültig und deutete dann auf einen Tisch im Laden, auf dem der Taxifahrer die schwere Tasche abstellte. Anschließend bezahlte sie den Mann und packte die Bücher aus, damit Aaro Korhonen sie begutachten konnte.

Sulo Auvinen beobachtete die Szene zufrieden. Dies war eine Begebenheit, wie man sie nicht alle Tage erlebte. Kultur, Religiosität, die Freude des Gebens waren hier anwesend, und mit der Zeit würde sich hoffentlich auch die Liebe einstellen. Dabei entging ihm völlig, dass Viivi Ruokonen drüben im Café wütend mit dem Geschirr klapperte und keinen Anteil an der Präsentation des Büchergeschenkes nahm. Aaro Korhonen hingegen sah sich die Bücher an, darunter waren viele schöne und offensichtlich teure Raritäten. Olavi Kares' *Luther. Porträt und Entwicklungszeit* (WSOY 1944), Ignatius de Loyolas *Geistliche Übungen* (Finnische theologische Literaturgesellschaft 1977), Martin Luthers *Erläuterungen zum Galaterbrief des heiligen Paulus* (Finnischer lutherischer Evangeliumsverein 1932), Sophy Burnhams *Buch der Engel* (Karisto 1955), Lauri Takalas *Geschichte der finnischen evangelischen Bewegung, I-II* (Finnische kirchenhistorische Gesellschaft 1929–37), Seppo A. Teinonens *Grundkurs der Symbolik* (Gaudeamus 1978) sowie das von Elizabeth Hallama herausgegebene *Heilige Männer und Frauen. Wer sie sind und wie sie helfen* (Karisto 1996). Dies, um nur ein paar Beispiele zu nennen. Aaro Korhonen schrieb jeweils in die rechte obere Ecke des Deckblattes seine Preisvorstellung, die sich zwischen fünf und fünfzig Euro bewegte. Fräulein Nuutinen stellte ihm die Werke mündlich vor. Sie hatte tatsächlich einen Teil davon gelesen, auf jeden Fall hatte sie alle in ihrem Hotelzimmer durchgeblättert, sodass sie ihr Büchergeschenk gut beurteilen konnte. Die Preise, die sie selbst bezahlt hatte, hatte sie sorgfältig ausradiert, aber sie wusste noch ungefähr, was sie für jedes Buch ausgegeben hatte. Ab und zu, wenn sie Aaro weitere Bücher reichte, streifte ihre zierliche Hand zwanglos und quasi aus Versehen seine männliche Hand, und jedes Mal begegneten sich dann ihre Blicke, um gleich wieder zum Bücherstapel zurückzukehren.

Viivi Ruokonen, die im Café herumklapperte, interessierte sich nicht fürs Aufhäufen von Bücherbergen, und als Aaro sie bat, Kaffee zu kochen und ein paar belegte Brote zurechtzumachen, konnte sie sich nur widerwillig zu der Arbeit durchringen.

Nach dem Kaffee und dem Imbiss fragte Aaro Korhonen, wie viel er seiner neuen Kundin schuldig sei. Wie sich denken lässt, nahm Fräulein Nuutinen kein Geld für ihren religiösen Bücherstapel. Sie erklärte, dass sie dem frischgebackenen Antiquar ein bescheidenes Geschenk machen wolle, wie sie es bereits bei ihrem vorigen Besuch angedeutet habe. Sie fügte noch hinzu, dass sie in der kommenden Woche, sowie die neuen Abiturienten ihre Studentenmützen erhalten hätten, abermals ins Büchercafé kommen werde.

»Ich habe mir vorgenommen, dann zwei, drei Raritäten mitzubringen. Bei der Gelegenheit könnte ich vielleicht ein, zwei Tage hierbleiben und die Regale ordnen. Ich mag alte Literatur wirklich sehr.«

Schutzengel Sulo Auvinen betrachtete mit Wohlgefallen den fertig ausgezeichneten Bücherstapel. Besonders zwei der Geschenke von Fräulein Nuutinen würdigte er sehr: das *Buch der Engel* und das Werk namens *Heilige Männer und Frauen. Wer sie sind und wie sie helfen.*

Fräulein Nuutinen erschien am Tag nach den Abiturfeiern erneut im Büchercafé. Aaro Korhonen empfing sie freundlich, Viivi war noch gereizter als sonst. Sie zischte Aaro zu, dass sie nicht recht begreife, was dieser alte, parfümierte Pfau im Laden zu suchen habe. Aaro murmelte, dass er selbst nicht recht wisse, worum es gehe, aber jedenfalls sei diese Nuutinen eine freundliche Frau und sie habe wieder Bücher mitgebracht.

Dieses Mal handelte es sich bei Fräulein Nuutinens Mitbringsel um Aapeli Saarisalos *Wörterbuch der Bibel* (WSOY

1952) sowie um das von Jaakko Haavio und Oskar Paarma herausgegebene *Gottes Ackerboden. Die finnische Kirche 1155–1955* (Gesellschaft für innere Mission der finnischen Kirche 1955).

»Dieser Paarma ist ja unser heutiger Erzbischof oder vielleicht der Vater des Erzbischofs«, erklärte Fräulein Nuutinen. Dann bat sie Viivi um den Staubsauger und verkündete, dass sie sowohl den Raum mit den Antiquitäten als auch den Buchladen reinigen würde, die Serviererin könne sich um ihr Café kümmern.

Das war zu viel für Viivi Ruokonen. Sie schleppte den Staubsauger aus dem Hinterzimmer des Cafés herbei und stieß ihn mit dem Fuß zu Fräulein Nuutinen hinüber, dann wandte sie sich wütend an Aaro Korhonen und sagte deutlich hörbar:

»Hier werden keine Putzfrauen und auch keine Büchersortiererinnen gebraucht. Falls sie doch gebraucht werden, bin ich hier wohl überflüssig.«

Aaro Korhonen verstand nicht recht, was Viivi meinte.

»Ich kündige und suche mir eine neue Arbeit. Ich finde garantiert auch woanders welche als in diesem Loch.«

Erst jetzt begriff Aaro, dass Viivi im Begriff war zu gehen, und er versuchte, sie zum Bleiben zu überreden. Aber sie war so zornig, dass sie nicht mehr zuhörte. Auch Fräulein Nuutinen geriet in Rage, sie stieß den Staubsauger gegen die Tür, mitten in einen Stapel mit alten Gegenständen, und fing an, die Serviererin zu beschimpfen. Verzweifelt versuchte Aaro, die wütenden Frauen zur Vernunft zu bringen.

Nun mischte sich Schutzengel Sulo Auvinen ein. Er versuchte die beiden zu besänftigen, indem er ihnen den edlen

Gedanken an Frieden ins Gehirn pflanzte, aber vergebens. Zwei wütende Frauen zur Räson zu bringen, ist eine übermäßig schwere Aufgabe, sogar für einen Schutzengel. Sulo Auvinen überlegte kurz und beschloss dann, Oskari Mättö einzuschalten, vielleicht würde es dem erfahrenen und besonnenen Mitarbeiter der Bestattungsfirma gelingen, für Entspannung zu sorgen.

Aaro Korhonen zog sich rückwärts zur Ladentür zurück. Ihm folgten zwei streitende Frauen, die immer noch den Staubsauger mit Fußtritten traktierten. In diesem Moment klingelte Aaros Mobiltelefon. Der Schutzengel hatte Oskari anrufen lassen.

»Hallo, hier ist Oskari, gerade eben musste ich an dich denken. Ich habe einen neuen Leichenwagen, oder eigentlich ist er aus Kerava geliehen, dort wird zurzeit nicht gestorben, wir konnten ihn billig mieten. Kommst du vielleicht mit nach Schweden, wenn ich für Lindell einen neuen Leichenwagen abhole? Und wie geht's dir sonst so?«

»Was soll ich sagen, wir haben hier gerade eine kleine Auseinandersetzung.«

Aaro zog sich bei diesen Worten auf die Straße zurück. Der Schutzengel bemerkte, dass sein Schützling bereits die Fahrbahn betreten hatte, über die der Morgenverkehr hinwegdonnerte. Oskari Mättö würde zu spät kommen. Also musste schnell gehandelt werden, damit Aaro nicht von einem Auto überfahren werden würde. Er achtete nämlich nicht auf den Verkehr, da er mit seinem Freund sprach und gleichzeitig versuchte, die wütenden Frauen zu beruhigen.

Der Schutzengel fasste einen schnellen Entschluss und stoppte den gesamten Autoverkehr. In seinem Eifer bemerkte er den Motorroller nicht, der sich in scharfem Tempo vom Stadtzentrum her näherte, ein junges Mädchen mit wehendem Halstuch saß darauf. Obwohl der übrige Autoverkehr anhielt, als stünde er vor einer roten Ampel, brauste das Mädchen nichtsahnend mit seinem gelben Roller durch die Mechelininkatu und war bald auf der Höhe des Büchercafés. Im selben Moment trat Aaro rückwärts fast in die Mitte der rechten Fahrspur, und der ungeschickte Schutzengel konnte die Situation nicht mehr retten. Das Mädchen stieß mit Aaro Korhonen, der in sein Handy sprach, zusammen. Beide stürzten kopfüber zu Boden, der Motorroller rutschte auf den Bürgersteig, die Fahrerin mit ihm, ein Aufschrei war zu hören, und dann wurde es ringsum still. Das Mädchen lag bewusstlos auf dem Gehsteig, Kopf und Hals blutverschmiert, die Jacke färbte sich rot. Der rechte Unterschenkel war hässlich abgeknickt. Aaro war mitten in seinem Telefonat auf der Straße zusammengebrochen. Der Schutzengel stand da, staunend und erschrocken wie einst die Hirten an der Krippe in Bethlehem. Jetzt musste schnellstmöglich irdische medizinische Hilfe her.

Der pensionierte Orthopäde Seppo Sorjonen, neuerdings Professor, befand sich gerade auf seinem täglichen Spaziergang und steuerte sein Stammlokal, das Restaurant *Salve,* an, als Sulo Auvinen ihn an den Unfallort schubste.

Sorjonen beugte sich über die auf der Straße liegenden Patienten und überprüfte rasch, ob sie bei Bewusstsein waren. Konnte er den Puls fühlen, atmeten sie? Beide lebten, waren aber nicht ansprechbar. In Sorjonen erwachten sofort alte Erinnerungen. Während seiner Studienjahre in New York hatte er als angehender Chirurg bei Randalen am südlichen Stadtrand die ernsthaft Verletzten und die leicht Verwundeten voneinander getrennt. So stufte er das junge Mädchen routiniert als schwer verletzt ein und überließ Aaro Korhonen den jaulenden Weibern. Er wies sie an, sich schleunigst um einen Krankentransport zu kümmern, und sagte ihnen, wie sie den bewusstlosen Mann behandeln und seinen Zustand beobachten sollten.

Sorjonen untersuchte das Rückgrat des Mädchens und stützte es mit seinem eigenen Mantel ab, um weitere Verletzungen zu vermeiden. Dann tastete er sorgfältig ihren Brustkorb und ihre Beckengegend ab, um sich über deren Stabilität zu informieren.

Schutzengel Sulo Auvinen stand daneben mit bleichem Gesicht und hängenden Federn, die Flügel am Boden: Was hatte er nur wieder getan! Und dem zu Hilfe gerufenen Arzt fiel nichts weiter ein, als die Brüste und die Hüfte des Mädchens zu betatschen.

Professor Sorjonen richtete vorsichtig den gebrochenen Unterschenkel und fixierte ihn mit Regenschirmen, die ihm Fräulein Nuutinen und Viivi Ruokonen gebracht hatten und die er mit dem Gürtel seines Mantels festband.

Wie gerufen kam Oskari Mättös Leichenwagen herangeglitten. Beide Patienten wurden auf die Sarglafette gelegt, und Oskari fuhr im Höllentempo zunächst zum Marienkrankenhaus, wo Aaro Korhonen aufgenommen wurde. Anschließend brachte Oskari das Mädchen zum Krankenhaus von Töölö. Dort wurden Patienten mit Schädel- oder sonstigen schweren Verletzungen behandelt.

Schutzengel Sulo Auvinen flog zurück in die Mechelininkatu, wo der Verkehr wieder normal lief. Nach einiger Zeit parkte auf dem Bürgersteig Lindells Leichenwagen. Oskari bat Fräulein Nuutinen und Viivi Ruokonen, ihm bei der Reinigung des Leichenwagens zu helfen. Seiner Meinung nach schickte es sich nicht, Tote in einem blutigen Auto zu transportieren.

Die Frauen hatten ihren Streit vergessen, aber das war nur ein schwacher Trost für den Schutzengel, denn neue Aufgaben warteten auf ihn. Am Nachmittag flog er ins Marienkrankenhaus, um sich um Aaro Korhonen zu kümmern. Besorgt nahm er sich vor, über all diese Ereignisse lieber nicht mit den anderen Engeln zu reden. Sie könnten ihn, den wohlmeinenden Sulo, für einen Gehilfen des Teufels halten.

13

DIE DRITTE GEHIRNERSCHÜTTERUNG

Schutzengel Sulo Auvinen saß im Marienkrankenhaus an Aaros Bett. Der Patient hatte das Bewusstsein wiedererlangt und schlief friedlich. Zum Glück war es für ihn nicht schlimmer ausgegangen. Wäre Aaro in der Mechelininkatu etwa unter einen Laster geraten, wäre er garantiert tot gewesen, aber Sulo hatte kurzentschlossen den Verkehr gestoppt. Ärgerlich nur, dass er aus Unaufmerksamkeit versäumt hatte, den Scooter anzuhalten, der dann mit Aaro zusammengestoßen war.

Die Besuchszeit hatte begonnen. Viivi Ruokonen, Ritva Nuutinen und Oskari Mättö erschienen, um nach dem Patienten zu sehen. Aaro lag in einem Zimmer, in dem noch fünf weitere Betten standen, alle durch Paravents voneinander getrennt. Viivi und Fräulein Nuutinen brachten Blumen mit, Oskari ein paar Bücher. Fräulein Nuutinen schickte nach dem zuständigen Stationsarzt, denn Aaro wollte wissen, wie es dem Mädchen gehe, das mit ihm zusammengestoßen war. Der Arzt berichtete, dass in der Klinik von Töölö eine neurochirurgische Operation bei ihr vorgenommen worden sei und dass beide unteren Gliedmaßen eingegipst worden seien. Man kenne ihre Identität nicht, sie habe keine Papiere bei sich gehabt und sei immer noch bewusstlos.

Oskari Mättö erklärte, dass das Mädchen Sari Heinänen heiße. Er hatte ihren verbeulten Motorscooter in eine Werkstatt nach Lauttasaari gebracht. Anhand der Registriernummer hatte er die zuständige Versicherungsgesellschaft ermittelt, ferner auch Namen und Adresse der Besitzerin, und er hatte bereits ihre Angehörigen angerufen und über den Unfall informiert.

Bei Aaro Korhonen war eine Gehirnerschütterung diagnostiziert worden, man hatte eine Infusion angelegt. Knochenbrüche hatte er nicht, dafür aber Quetschungen, wie an seinem geschwollenen Gesicht unschwer zu erkennen war.

»Es ist schon die zweite Gehirnerschütterung in diesem Frühjahr«, meinte darauf Oskari und erzählte, wie sie in Ostbottnien mit dem Leichenwagen auf dem Acker gelandet waren, dabei zwinkerte er unwillkürlich mit seinem zuckenden Auge. Der Arzt vermerkte die Information in der Akte.

Als Aaro müde wurde, entfernten sich die Besucher und der Stationsarzt. Der Schutzengel verblieb im Krankenzimmer, um über Gesundheit und Sicherheit seines Schützlings zu wachen. Am Abend und zu Beginn der Nacht ging noch alles gut, aber später wachte Aaro auf und warf sich im Bett hin und her. Der Schutzengel wurde aufmerksam: Was plagte seinen Schützling? Bald fand er heraus, dass Aaros Rücken juckte, dass er sich aber nicht kratzen konnte, weil er an etliche Schläuche angeschlossen war. Sulo Auvinen wusste gut, dass ein Juckreiz, gegen den man nicht vorgehen konnte, binnen Kurzem ungeheure Ausmaße annahm. So auch jetzt. Aaro seufzte gereizt in seinem Bett, unfähig, sich richtig zu bewegen, und das Jucken am Rücken wurde nach und nach zur höllischen Qual.

Sulo Auvinen erkor den Bettnachbarn, der zufällig gerade wach war, als Helfer aus. Die Nachtschwester mochte er nicht extra wegen eines Juckreizes bemühen. Schutzengel Sulo versah den Nachbarn mit so viel Eigeninitiative, dass der aus seinem Bett aufstand, hinter den Schirm lugte und zuvorkommend fragte:

»Kann ich helfen, oder kommst du allein klar?«

Aaro bat, der andere möge ihm ein wenig den Rücken kratzen. So zog denn der hilfsbereite Mitpatient den Schirm beiseite und trat näher, um Aaro zu helfen. Aber da es dunkel war, lief die Sache nicht so ab, wie es wünschenswert gewesen wäre. Der hilfsbereite Mann stieß aus Versehen gegen das Bett, und das hochgestellte Kopfende krachte mit solcher Wucht herunter, dass Aaro auf den Fußboden fiel und sich böse den Schädel stieß, es war bereits das dritte Mal innerhalb kurzer Zeit. Die Nachtschwester kam angestürzt, und bald auch der Portier. Der hilfsbereite Nachbar schlüpfte in sein eigenes Bett, Aaro wurde in das seine gehoben. Er war nicht mehr bei Bewusstsein, und sein Rücken juckte nicht mehr. Der Schutzengel seufzte über sein Missgeschick und schleppte sich mit hängenden Flügeln aus der Klinik. In seinem hilfreichen Herzen brannte die Erkenntnis, dass er seinen Schützling erst einmal in Ruhe lassen und nach Kerimäki fliegen musste, um neue Anweisungen einzuholen und einen Tadel, gegebenenfalls strenger Art, zu empfangen.

Am Morgen kam Viivi Ruokonen ins Marienkrankenhaus und setzte sich an Aaros Bett. Der Patient schlief noch. Viivi legte ihre Hand auf die seine und flüsterte leise:

»Aaretti.«

Aaro erwachte, und als er Viivi dort sitzen sah, freute er sich mächtig. Er erzählte ihr, dass er letzte Nacht aus dem Bett gefallen sei und sich erneut den Kopf gestoßen habe, aber jetzt gehe es ihm schon besser. Wie lief es im Büchercafé?

Viivi arrangierte die Blumen neu, die sie am Vortag gebracht hatte, sie waren anscheinend bei dem nächtlichen Tohuwabohu heruntergefallen. Fräulein Nuutinens Strauß stellte sie zum Nachbarn.

»Die Nuutinen hat in der Hausverwaltung angerufen, um sich deine Wohnungsschlüssel geben zu lassen, ich konnte es nicht verhindern. Aber zum Glück gibt es im Haus momentan gar keinen Verwalter.«

Sie erzählte, dass man dem letzten Verwalter wegen Unregelmäßigkeiten bei der Buchführung der Wohnungsgesellschaft gekündigt hatte, das hatte der Vorstandsvorsitzende am Telefon gesagt. Der Vorsitzende hatte wissen wollen, wo er den neuesten Hausbewohner, Aaro Korhonen, treffen könnte, und als er erfahren hatte, dass Korhonen im nahen Krankenhaus lag, hatte er anfragen lassen, ob er ihn am heutigen Nachmittag besuchen dürfe. Er habe etwas Wichtiges mit Aaro Korhonen zu besprechen.

Viivi konnte nicht lange bleiben, das Café wurde jetzt wieder von Gästen frequentiert, und Fräulein Nuutinen hatte keinen Sinn für diese Arbeit. Anwesend war sie allerdings, ganz als wäre sie irgendwie Teilhaberin des Büchercafés.

Am Nachmittag erschien dann tatsächlich der Vorstandsvorsitzende der Wohnungsgesellschaft, Magister Heikki Malkala. Er machte einen seriösen Eindruck, brachte die Nachmittagszeitungen und Nikotinkaugummi mit. Malkala hieß den neuen Bewohner in der Mechelininkatu und als Mitbesitzer in der AS. OY Mechelinin Onnela-Gesellschaft willkommen. Dann kam er sofort zur Sache.

»Der Umzugsmeldung entnahm ich, dass du Verwalter bist. Es verhält sich nun so, dass unser ehemaliger Verwalter Gelder unserer Wohnungsgesellschaft veruntreut hat. Die Polizei wurde mit den Ermittlungen beauftragt, und wir müssen natürlich schnell jemanden vom Fach finden, der sich zunächst für eine Übergangszeit um die laufenden Angelegenheiten kümmert. Ich sagte mir, dass ich wenigstens mal anfrage, ob du als Profi den Job übernehmen könntest?«

Aaro Korhonen überlegte kurz. Warum eigentlich nicht!? Aber vorläufig war er ja ans Bett gefesselt, und er wusste nicht, wie lange noch.

»Das ist kein Problem. Ich kann täglich herkommen, die Dokumente, Bilanzen und das alles mitbringen und Anweisungen einholen. Unsereins mit gewöhnlichem Magisterabschluss versteht nicht viel von den Angelegenheiten einer Wohnungsgesellschaft. Außerdem müssen auch Rechnungen bezahlt und die Planungen für den kommenden Herbst gemacht werden.«

Sie wurden sich einig. Aaro versprach, die Verwaltung der Wohnungsgesellschaft zu übernehmen, gegen Honorar. Er fand, dass ihn die neue Aufgabe keineswegs überfordern würde. Eigentlich war es nur angenehm, dass er in dieser Funktion Gelegenheit bekäme, seine neuen Nachbarn kennenzulernen. Die Verwaltung einer gewöhnlichen Wohnungsgesellschaft war ein Kinderspiel, verglichen mit der Betreuung eines Industriebetriebes. Die Pellet-Fabrik hatte komplizierte Liegenschafts- und Logistikprobleme gehabt, mit denen er, Aaro, wunderbar fertiggeworden war.

Noch am selben Abend händigte Magister Malkala Fräulein Nuutinen Aaros Schlüssel aus, da sie ihm sagte, sie wolle sich um die Wohnung und die eingehende Post kümmern, während der Besitzer im Krankenhaus liege. Zufrieden dachte er bei sich, dass es zum Glück auf dieser Welt noch gute und uneigennützige Menschen gab.

14

AAROS RASCHE GENESUNG

Nachdem Schutzengel Sulo Auvinen nach Kerimäki geflogen war, ging es Aaro Korhonen schnell besser. Er lag im Marienkrankenhaus und las Bücher und Zeitungen, pflegte seine lädierten Glieder und wartete darauf, dass sich sein Schädel von den drei Gehirnerschütterungen erholte. Täglich besuchten und verwöhnten ihn zwei attraktive Damen, die jetzt zu unterschiedlichen Zeiten kamen. Viivi im Allgemeinen morgens, Fräulein Nuutinen am Nachmittag, und dann kam auch noch Magister Malkala, um mit Aaro über die Angelegenheiten der Wohnungsgesellschaft zu beraten und ihm die Papiere zu bringen, um die er gebeten hatte. Der Vorstand der Gesellschaft hatte eine Sitzung abgehalten, auf der Aaro Korhonen einstimmig zum neuen Verwalter auf Honorarbasis gewählt worden war.

Leichenwagenfahrer Oskari Mättö besuchte seinen Freund ebenfalls ab und zu, und er berichtete, dass er in der Klinik von Töölö gewesen sei, um nach der jungen Sari Heinänen, der anderen Unfallbeteiligten, zu sehen. Sie habe das Bewusstsein wiedererlangt, dürfe sich aber nicht bewegen. Die neurochirurgische Operation sei gut verlaufen.

Eines Morgens erzählte Viivi aufgebracht, dass sich Fräulein Nuutinen doch tatsächlich in Aaros Wohnung eingenistet habe. Sie habe ihren Koffer und ihre anderen Sachen hingeschleppt und in ihrer Frechheit sogar zu behaupten gewagt, dass das mit dem Vorstand der Wohnungsgesellschaft abgesprochen sei. Viivi fand, dass ein Vorstandsvorsitzender nicht einfach so mir nichts, dir nichts die Schlüssel eines Bewohners an Wildfremde weitergeben dürfe, besonders dann nicht, wenn der Betroffene im Krankenhaus liege und keinerlei Einfluss auf den Verlauf der Dinge nehmen könne. Darauf wusste Aaro nichts weiter zu sagen, als dass er auch das irgendwie würde regeln müssen, war er doch nicht nur Inhaber der betreffenden Wohnung, sondern nunmehr auch Hausverwalter.

Bevor Viivi ging, rieb sie Aaros Gesicht mit Heilsalbe ein.

Am Nachmittag, als Fräulein Nuutinen wieder mit einem Blumenstrauß zu Besuch kam, versuchte er ihr zu sagen, dass er sie eigentlich nicht eingeladen habe, bei ihm zu wohnen, und dass sie auch die übrige Zusammenarbeit besser vergessen solle. Ritva Nuutinen nahm dieses Gegrummel nicht ernst, sondern erklärte kurzerhand, dass sich Aaro ihretwegen nicht zu zieren brauche.

»Wir werden ganz sicher mit allen Problemen fertig, du kannst mir vertrauen. Das Wichtigste ist jetzt, dass du schnell wieder gesund wirst und dich zu Hause weiter erholen kannst.«

Fräulein Nuutinen berichtete, dass sie für den Laden einen neuen Staubsauger gekauft habe, weil der alte bei dem Unfall zerbeult und mit Blut befleckt worden sei. Sie habe die Räume der Antiquitätenabteilung gesaugt und gewischt und im Antiquariat eine Abteilung alphabetisch geordnet, das Regal habe sie dem Inhalt entsprechend beschriftet: *Religion – Kirchengeschichte – Mystik.*

Aaro genas so rasch, dass er nach einer Woche aus dem

Krankenhaus entlassen werden konnte. Wenn es nach ihm gegangen wäre, hätte er durchaus noch länger faul im Bett gelegen, aber letztlich war das Schlafen zu sechst in einem Krankenzimmer nicht ganz das, was sich ein gesunder Mann wünscht.

Als Aaro Korhonen in sein Büchercafé zurückkehrte, entdeckte er, dass innen an der Schaufensterscheibe ein Schild von ein Meter Länge befestigt war, auf dem in Frakturschrift zu lesen war:

Aarettis antiquarisches Büchercafé

Es sah gut aus. Viivi hatte das Schild im Fenster angebracht, sie hatte es bereits vor einer Woche bestellt, wie sie sagte, um Aaro bei seiner Rückkehr aus dem Krankenhaus damit zu überraschen.

»Was findest du? Gefällt es dir vom Stil her, und ist es altmodisch genug?«

Fräulein Nuutinen gesellte sich dazu und verkündete ihre Meinung, die da lautete, dass es sich für eine Serviererin wohl gehört hätte, den Geschäftsinhaber zu fragen, wie das Café heißen soll, ehe sie irgendwelche Schilder anbringt. Aber sie, Ritva Nuutinen, ging die Sache ja nichts an.

Aaro dankte den Frauen für die Neuerungen und bat sie, sich zu beruhigen. Seiner Meinung nach gab es keinen Grund für einen Streit. Beim letzten Wortgefecht war immerhin ein Unfall die Folge gewesen.

Viivi zog sich ins Café zurück, Fräulein Nuutinen sortierte weiter Bücher.

Aaro rief in der Abteilung für Wirtschaftsdelikte im Polizeipräsidium an und bat, den Ermittler sprechen zu dürfen, der ihn der Geldwäsche beschuldigt hatte. Polizeiobermeister Niemelä sagte ihm, dass die Untersuchungen in seiner mysteriösen Bankangelegenheit noch liefen und dass er, Niemelä, momentan weder Zeit noch Lust habe, sich am Telefon dazu zu äußern. Aaro erklärte, dass ihn die besagten Ermittlungen eigentlich gar nicht interessierten, sondern dass er unlängst zum Verwalter der OY Mechelinin Onnela-Wohnungsgesellschaft gewählt worden sei und nur wissen wolle, wer die Ermittlungen im Falle seines Vorgängers leite. Niemelä verschwand, um nachzufragen, es dauerte einige Zeit, und als er wieder an den Apparat kam, verkündete er, dass er den Fall ebenfalls selbst übernehme.

»Da geht es offenbar um Unterschlagung. Gegen den Mann wurde Anzeige erstattet. Sie können kommen und sich über den Vorgang informieren, wann immer es Ihnen passt.«

Aaro Korhonen sprudelte über vor Energie, und so etwas wie Glück nahm von ihm Besitz. Sein Kopf dröhnte nicht mehr, und ihm war nicht mehr schwindelig, obwohl das Gehirn drei Mal hintereinander erschüttert worden war. Er freute sich einfach darüber, dass er einen so harten Schädel hatte.

Jetzt besuchte er auch Sari Heinänen im Krankenhaus von Töölö. Sie war bereits auf die Station verlegt worden und konnte auch schon wieder sprechen, war aber noch schwach. Aufstehen konnte sie noch nicht. Ihre Eltern erschienen ebenfalls, um nach ihrem Kind zu sehen, und sie dankten Aaro Korhonen gerührt für die Fürsorge. Wie sie sagten, hatten sie den Eindruck gewonnen, dass keiner der beiden Beteiligten Schuld an dem Zusammenstoß trug, sondern dass da ein Unglück passiert war, mit dem kein Mensch rechnen konnte. Aaro erklärte, dass er gern all jene Behandlungskosten übernehmen wolle, die die Versicherung nicht zahle. Als er ging, sah er auf dem Gesicht des Mädchens ein vertrauensvolles Lächeln.

Aaro und Oskari kamen überein, dass sie in ein, zwei Wochen nach Schweden fahren würden, um für Lindell einen neuen Leichenwagen zu kaufen. Rechtzeitig vor Mittsommer würden sie zurück sein, denn gegen Ende des Monats würde der Wagen daheim gebraucht. Während des schönsten Festes des Sommers ertranken eine Menge Menschen, viele starben auch am Alkohol oder bei Schlägereien. In den Wochen nach Mittsommer hatte die Branche Hochsaison in Finnland.

Fräulein Nuutinen hatte für Aaro Zweitschlüssel seiner Wohnung anfertigen lassen, obwohl er ein wenig verschnupft bemerkte, dass er die als Hausverwalter nicht gebraucht hätte, jedenfalls keine für seine eigene Wohnung, hatte er doch Schlüssel für sämtliche Wohnungen im Haus. Fräulein Nuutinen kümmerte sich nicht um seine Worte, sondern überreichte ihm das klimpernde Bund. Am Schlüsselring hing ein silbernes Plättchen, in das die Nuutinen vom Goldschmied Aaros Namen und zwei Herzen hatte eingravieren lassen.

Die erste Nacht nach seiner Rückkehr aus der Klinik schlief Aaro im Bibliothekszimmer seiner Wohnung auf dem Sofa, aber da es kurz und hart war, legte er sich zu späterer Stunde neben Fräulein Nuutinen ins breite Bett und schlief dort tief und fest bis zum Morgen. Am nächsten Abend ging er aus dem Haus und wanderte bei frühsommerlichem Wetter über den Friedhof von Hietaniemi. Viivi rief an und erzählte, dass sie ihm zwei interessante Bücher besorgt habe. Es seien Geschenke, weil Aaro aus der Klinik entlassen worden sei. Sie brachte ihm die Bücher auf den Friedhof, wo es bereits so schummerig war, dass er den Text nicht mehr lesen konnte, aber die Titel konnte er noch erkennen, das eine war Caroline Alexanders *Endurance. Shackletons legendäre Antarktis-Expedition* (Otava 1999) und das andere I.K. Inhas Bildband *Landschaften des Nordens um die Jahrhundertwende* (WSOY 1957).

Viivi und Aaro spazierten mit den Büchern in den Händen über die knirschenden Kieswege. Sie sprachen über Aaros antiquarisches Büchercafé. Er äußerte den Wunsch, dass Viivi ihn im Sommer auf seinen Reisen in die Provinz begleiten möge, wo er Nachlässe aufkaufen wolle. Auf die Fahrt nach Schweden konnte er sie nicht einladen, da in den Leichenwagen nur zwei Personen passten, jedenfalls lebend.

Es war bereits kurz vor Mitternacht, höchste Zeit, schlafen zu gehen. Viivi sagte, falls Aaro Angst habe, nach Hause und zu Fräulein Nuutinen zu gehen, könne er gern auch für ein paar Nächte zu ihr kommen. Auch sie habe ein Sofa, außerdem sei es zur Caloniuksenkatu nicht weit. So schlief denn Aaro zunächst auf Viivis Sofa, aber da es auch nicht bequemer als jenes von Frau Väisänen war, schlich er in den frühen Morgenstunden zu Viivi ins Bett und streckte sich hinter ihrem Rücken aus. Die Schlafende trug das seidene Nachthemd, das er ihr aus dem Nachlass geschenkt hatte.

Jetzt ist alles gut, dachte Aaro schläfrig und glücklich.

15

SULO AUVINEN ZUM RAPPORT BEIM ENGEL GABRIEL

Sulo Auvinen flog betrübt zum Himmel nach Kerimäki. Er musste sich beim Engel Gabriel melden, das wusste er, und ihn schauderte davor. Das Wetter empfand er als äußerst widrig, obwohl er über große Flügel und gute Flugkünste verfügte. Ihm stand ein Rapport über vermasselte Schutzaufgaben und womöglich irgendeine Strafe bevor, wer weiß welche – zumindest aber ein Gesichtsverlust, und der wog im Himmel schwerer als auf Erden. Ein Engel kann schließlich keinen Selbstmord begehen.

Sulo Auvinen war frühmorgens vom Innenhof des Marienkrankenhauses zu seinem Flug gestartet, aber er kam erst gegen Abend am Ziel an. Er hatte ein paar Denkpausen eingelegt, und so hatte sich die Reise in die Länge gezogen. Sulo hatte einfach keine Lust, dem Engel Gabriel höchstpersönlich gegenüberzutreten und sich von Hochwürden abkanzeln zu lassen. Gern hätte er die Reise abgebrochen und wäre zu seiner irdischen Wanderung, zum Leben, zurückgekehrt. Aber Toten bleibt keine Wahl, nicht mal jenen, die zu Engeln befördert worden sind. Sulo war gezwungen, seinen schweren himmlischen Weg fortzusetzen.

Unsicher landete er vor der Kirche von Kerimäki. In dem seltsamen gelblichen Licht des Sommerabends glühte der größte Balkentempel der Welt in sämtlichen Ockerfarben, genau wie die untergehende Sonne. Überall schwärmten Engel herum, manche saßen, die mächtigen Flügel ausgebreitet, auf dem Dach des Glockenturms, ein paar kauerten auf der steinernen Einfassung des Friedhofs, andere wiederum eilten zwischen Kirche und Vorplatz hin und her und erledigten verschiedene Dinge. Es waren mehr als zweihundert, wie ein flüchtiger Blick ergab, und weitere befanden sich in der Kirche. Sulo Auvinen landete inmitten dieses ganzen Gewimmels und fragte äußerlich ruhig, ob jemand melden könne, dass er zum persönlichen Rapport beim Engel Gabriel erschienen war.

Als Neuling im Himmel hatte Sulo geglaubt, dass er tatsächlich mit dem Erzengel höchstpersönlich zu tun haben würde, aber das war zum Glück nicht der Fall. Stattdessen führte man ihn ins Innere des Gebäudes und dort auf die stattliche Orgelempore, wo ihn ein jung aussehender, keck wirkender Engel erwartete, der ein vernarbtes Einschussloch auf der Stirn hatte und ein rotes Muttermal am Hals, unmittelbar am Flügelansatz. Sulo Auvinen meldete sich zum Rapport, und sein Gegenüber stellte sich vor:

»Gabriel. Willkommen Sulo. Dein Flug verlief hoffentlich gut.«

Rasch stellte sich heraus, dass es im Himmel mindestens Tausend Engel mit dem Namen Gabriel gab, und dieser war einer von ihnen. Er erzählte, dass er für Sulo Auvinen schon zu dessen Lebzeiten zuständig gewesen sei und diese Aufgabe im Himmel fortführen würde. Er habe bereits als Sulos Schutzengel sein Bestes getan. Der unwiderlegbare Beweis dafür sei, dass Sulo ein relativ tadelloses und langes

Leben geführt habe und jetzt in die Schar der Engel aufgenommen worden sei.
Erleichtert erzählte Sulo Auvinen, dass er ganz unerwartet mitten aus seiner Arbeit heraus nach Kerimäki beordert worden sei.
»Tja …, die Dinge sind nicht ganz so gelaufen, wie ich erwartet hatte.«
»Das tut mir sehr leid, dabei habe ich mein Bestes getan.«
»So ist es eben …, wer von uns wäre schon vollkommen«, murmelte der Engel Gabriel. »Aber kommen wir zur Sache. Du hast ziemlich talentiert gepfuscht.«
Auf der Orgelempore erschien ein junger Kanzleiengel, der vortrug, was Sulo Auvinen bewirkt hatte: Sein Schützling hatte während der kurzen Frühlingsperiode mehrere Unfälle gehabt, dabei drei Gehirnerschütterungen in Folge erlitten, hatte es mit weltlichen Polizeibeamten zu tun bekommen und war überreichlich mit Frauen gesegnet, all das in sehr kurzer Zeit. Ein schrottreifer Leichenwagen, ein zweiter blutverschmiert, ein halbtotes junges Mädchen mit einer Schädeloperation …
»Und dann hast du diesem Verwalter aus eigenem Antrieb eine Frau besorgt. Wie der schlimmste Zuhälter. Als gestandener Mann in mittleren Jahren wird der Korhonen so etwas ja wohl noch allein schaffen.«
Sulo Auvinen verteidigte sich mit der Bemerkung, dass die Serviererin in der Mechelininkatu aus seiner Sicht zu jung und weltlich sei. War es nicht sinnvoll, dass man sich auch in Heiratspläne rechtzeitig einmischte?
Gabriel erklärte kühl, dass es nicht Aufgabe der Schutzengel sei, sich in das Liebesleben der Menschen einzumischen, das sollten sie unter sich regeln. Und außerdem: Was war

aus Sicht eines Mannes falsch an einer jungen Frau? Sulo Auvinen gab zu bedenken, dass eine reife und unverheiratete Frau eher geeignet war, dem Mann, der stets anfällig für sündige Versuchungen war, in den Stürmen des Lebens Schutz und Schirm zu bieten.

Darauf sagte Gabriel, dass Sulo jederzeit von seiner Funktion als Schutzengel zurücktreten könne, wenn er der Meinung sei, dass sie ihn überfordere. Niemand werde ihn dafür tadeln. Im Grunde genommen wäre diese Lösung wahrscheinlich die beste für alle Beteiligten.

Sulo Auvinen bettelte und flehte, dass er weitermachen, es noch einmal versuchen dürfe.

»Nun, beten kannst du ... als Religionslehrer. Wann bist du noch gleich gestorben?«

Sulo Auvinen berichtete, dass er vor vier Monaten an Lungenentzündung gestorben sei, zum Schluss sei das Fieber auf 41,3 Grad gestiegen. Er sei nach seinem Tod unsagbar glücklich gewesen, da er von seinen Qualen erlöst war, und besonders, da ihm ein eigener Schützling anvertraut worden sei.

Der Engel Gabriel erwähnte, dass er selbst bereits 1939 an der Front von Suomussalmi gestorben sei.

»Wir dürften etwa gleichzeitig zur Welt gekommen sein, warst du nicht bei deinem Tod zweiundachtzig Jahre alt? Ich wurde 1919 in Kuusamo geboren, und als ich starb, war ich zwanzig. Im Februar 1940 wäre ich einundzwanzig geworden, hätte man mich nicht in Suomussalmi erschossen.«

Sulo Auvinen regte die Flügel. Konnte es wahr sein, dass der Engel Gabriel im finnischen Winterkrieg gekämpft hatte und dort gefallen war? Er sagte, dass er 1922 geboren worden sei, worauf Gabriel konstatierte, dass es also doch

einen Unterschied von zwei, drei Jahren hinsichtlich des Geburtsjahres gebe, obwohl Sulo sechzig Jahre älter sei.
»Ich bin tatsächlich schon länger als sechzig oder siebzig Jahre tot. So verrinnt die Zeit. Man registriert es hier im Himmel nicht so wie einst zu Lebzeiten als junger Mensch.«
Gabriel äußerte sich lobend darüber, dass Sulo seinem Familiennamen bemerkenswert treu geblieben war, weil er sich auch im Himmel wieder Auvinen nannte, so wie einst auf seinem irdischen Lebensweg. Er selbst, so sagte er, habe sich einst dazu nicht in der Lage gesehen, aber er habe seine Gründe dafür.
Der Engel fuhr fort, dass er im Himmel wohl für etliche Lacher gesorgt hätte, wenn er hier offiziell seinen einstigen Namen weitergeführt hätte.
»Ja, und wer warst du, damals zu Beginn des zwanzigsten Jahrhunderts?«
»Ich war Kalle Määttä und bin es irgendwie immer noch, wenn ich natürlich auch schon seit Jahren tot bin.«
Sulo überlegte, wie sich »Engel Kalle Määttä« anhören würde, und fand, dass es jedenfalls nicht sehr fromm und zumindest bibelhistorisch gesehen nicht gerade seriös klang.
»Bedenke, dass ich in einem laestadianischen Elternhaus groß geworden bin, unsere Familie war sehr fromm. Jetzt im Nachhinein und kühl betrachtet, sind die Määttäs natürlich ebenso gute und wunderbare Engel wie andere, also zum Beispiel all die Gabriels und so weiter. Aber zweifellos weckt ›Erzengel Määttä‹, nur mal als Gedanke, zumindest unter den sündigen Spottdrosseln kein sehr großes Vertrauen.«

Gabriel erzählte, dass es seines Wissens im Himmel mindestens Tausend Gabriels und Tausende heilige Petrusse und andere gab, das war Fakt. Auch er selbst hatte sich schon zu Lebzeiten daran gewöhnen müssen, dass in seiner Heimatgegend Tausende Leute desselben Namens lebten, obwohl Kuusamo, Posio und Taivalkoski damals sehr kleine Kirchspiele gewesen waren. Bei einer der Einwohnerzählungen war man im Bezirk Koillismaa auf mehr als tausendzweihundert Määttäs gekommen, davon hundertvierundsechzig Kalle Määttäs. Und dazu noch die Lämsäs, auch davon gab es Hunderte.

»In Kuusamo beinhaltet das Dutzend zehn Määttäs und an den Enden je einen Lämsä«, witzelte der Engel Gabriel trocken.

Sulo Auvinen fasste sich ein Herz und äußerte, dass das himmlische Dutzend dann wohl aus zehn Gabriels und an den Enden je einem heiligen Petrus bestand.

»Tja«, konstatierte der ehemalige Kalle Määttä, jetzt wieder in offiziellem Ton. »Tja, aber nun zu dir. Wir haben hier den Verdacht, dass du unsere Vorgehensweise nicht recht begreifst, obwohl du Religionslehrer und dazu noch ein alter Mann bist. Als Schutzengel bist du ein Anfänger und ein wahrer Tölpel.«

Wenn Sulo Auvinen weiter als Aaro Korhonens Schutzengel tätig sein wolle, müsse er einen neuen Aktionsplan erstellen, erklärte Gabriel. In Kleinigkeiten solle er sich gefälligst nicht mehr einmischen. Aaro Korhonen sei ohne Weiteres imstande, allein mit seinen wenigen Problemen fertigzuwerden. Sulo müsse sich auf die großen Zusammenhänge konzentrieren. Falls er den Mann in beschützerischem Sinne vor Herausforderungen stellen wolle, die

Schwung in sein Leben bringen würden und es ideell bereichern sollten, so müssten das groß angelegte Projekte sein und nicht irgendwelcher kleiner Murkskram, wie er ihn bisher initiiert habe.

Sulo sollte also ein neues Schutzprogramm entwickeln, und er bekam auch gleich die nötigen Vorgaben. Zuallererst musste er aufhören, die Frauengeschichten seines Schützlings regeln zu wollen. Auch in wirtschaftlichen Fragen sollte er überlegt vorgehen und nicht pfuschen wie bisher. Wenn er das Konto des Mannes mit Geld versorgte, musste auch ersichtlich sein, woher es kam, jedenfalls sollte nicht der Eindruck entstehen, dass es aus der Luft oder vom Himmel gefallen war.

Gemeinsam besprachen sie noch viele weitere Details, und Sulo Auvinen versuchte sich alles einzuprägen. Er zeigte sich unbedingt kooperativ, was der Engel Gabriel zufrieden registrierte.

Zum Schluss wurde die Unterhaltung lockerer und drehte sich, wie bei männlichen finnischen Engeln üblich, um alte Kriegszeiten. Gabriel erzählte, dass er im Winterkrieg in Suomussalmi im Fahrradbataillon 6 (PP6) gekämpft habe. In diesem Bataillon seien viele Männer aus Kuusamo und Posio gewesen. Es sei der Gruppe Wolf unterstellt gewesen, die von Oberstleutnant Paavo Susitaival, dem älteren Bruder des berühmten Selbstmörders Bobi Sivén, kommandiert worden sei. Die Kämpfe seien hart, aber siegreich gewesen. Ein bisschen so wie weiter südlich an der Straße nach Raate.

Sulo Auvinen erwähnte, dass er in Helsinki beim Luftschutz und später im Lappland-Krieg in einer Luftabwehrbatterie gekämpft habe. Er habe alles heil überstanden, habe sich lediglich oben im Norden Rheuma eingehandelt. Vom Rang her sei er Leutnant.

»Herr Leutnant! Unteroffizier Määttä meldet sich zur Stelle!«, brüllte der Engel Gabriel und lachte gleich darauf schallend.

Zum Abschluss des Rapports bewilligte er Sulo Auvinen einige Tage Urlaub und wünschte ihm, dass er bei der Betreuung seines Schützlings mehr Glück als bisher haben möge. Sulo wollte noch wissen, woher das Loch in Gabriels Stirn und das große Mal an seinem Hals stammten. Der Engel sagte ernst:

»Das hier am Hals ist ein Geburtsmal, und das andere ist ein Todesmal, ein Einschussloch, Volltreffer eines russischen Scharfschützen.«

Unteroffizier Määttä erzählte noch, dass nach seinem Tod ein Spähtrupp aus seiner Kompanie, geführt von Korporal Lämsä, eben jenen Scharfschützen namens Leontjew gefangen genommen hatte. Er war im Herbst 1941 im Kriegsgefangenenlager von Kuhmo verhungert.

»Ein scharfer Kerl. Weilt meines Wissens heute im Himmel der Russen. Lämsä lebt noch, röchelt dem Vernehmen nach in der Bettenabteilung des Gesundheitszentrums von Kuusamo vor sich hin. Ich schätze, dass er spätestens im Herbst stirbt und hier zu uns in den Himmel kommt.«

16

FRÄULEIN NUUTINEN IST EIN STANDHAFTER CHARAKTER

Nachdem Leutnant Sulo Auvinen von Unteroffizier Määttä Absolution erhalten hatte, machte er ein paar Tage Urlaub im heimatlichen Kuopio, ehe er wieder nach Helsinki flog, um seinen Dienst zu versehen. Er besuchte das Grab seiner Frau, und erst jetzt stellte er sich verwundert die Frage, wo sich Hilma eigentlich aufhielt ... im Himmel war er ihr nicht begegnet. War der alte Drachen nach den Heimsuchungen des Fegefeuers womöglich in der Hölle gelandet? Wieso war ihm diese Möglichkeit nicht früher in den Sinn gekommen? Immerhin hatten sie etliche gemeinsame Ehejahre hinter sich, und auch er selbst war inzwischen schon mehrere Monate tot.

Jemand hatte Blumen auf Hilmas Grab gestellt. Und sein eigenes? Sulo erinnerte sich, dass er neben Hilma bestattet worden war, so weit, so gut, aber auf dem Auvinen'schen Grabstein, den er selbst gekauft hatte, war sein Name nicht zu finden, auch keine Spur von Geburts- und Sterbedatum. Wahrlich keine angenehme Erkenntnis. So leicht gerieten das ganze Lebenswerk und die persönliche Geschichte eines Menschen in Vergessenheit? Oder handelte es sich womöglich um eine normale Lieferverzögerung? Einen Namen in den Stein zu meißeln klappte wahrscheinlich nicht von heute auf morgen. Wieso war das noch nicht erledigt? Verflixt, wenn Hilma noch leben würde, wäre die Sache längst in Ordnung gebracht, aber tot war eben tot.

Sulo gestand sich nüchtern ein, dass seine Ehe in vieler Hinsicht missglückt war. Der wichtigste Grund für eine Heirat war für ihn ursprünglich das brennende Verlangen nach einer Frau gewesen. Jedes x-beliebige junge Ding wäre ihm recht gewesen, die Leidenschaft zu kühlen. Zufällig war ihm Hilma über den Weg gelaufen, sie hatten sich verlobt und dann geheiratet. Auch Kinder waren gekommen, aber das ganze Bündnis war von Reue und Gleichgültigkeit bestimmt gewesen. Der freudlose Zustand hatte länger als vierzig Jahre angedauert. Hilma war auf stille Art boshaft gewesen, und bestimmt war sie jetzt in der Hölle. Ach herrje, aber Sulo konnte nicht umhin, zufrieden zu lächeln, als ihm diese Möglichkeit dämmerte.

Sonst war es angenehm in Kuopio. Sulo Auvinen kreiste am Himmel über seiner alten Heimatstadt und betrachtete von oben die Häuserzeilen, die Parks, die blauen Seen, die Brücken und den drehbaren Turm von Puijo, der seinerzeit eine nationale Touristenattraktion gewesen war. Sulo erinnerte sich, dass er, als um jenen Bau auf dem Berggipfel gestritten wurde, Zivilcourage gezeigt und unter einem Pseudonym an die Regionalzeitung *Savon Sanomat* einen Leserbrief geschickt hatte, der das Projekt befürwortete. Inzwischen war der Turm bereits ein wenig verfallen, aber immer noch existierte in dem Turm ein Restaurant der gehobenen Kategorie. Als Sulo von draußen durch die Fenster lugte, erkannte er die meisten Anwesenden: Der Bürgermeister erhob gerade inmitten einer Gästeschar das Glas mit einem eisgekühlten Schnaps. Viele berühmte Savolaxer

Sozialdemokraten waren da, unter anderem Paavo Lipponen und Martti Ahtisaari, beide mit Gattinnen. Im Hintergrund sah er Erkki Liikanen und Lasse Lehtinen, auch sie in Begleitung, eine Seltenheit.

Während Sulo Auvinen zusah, wie das Festessen aufgetragen wurde – kleine Maränen in Sahnesoße, flambierte Eierkuchen, schimmernder Kognak –, bekam auch er Hunger. Aber wie sollte ein Toter traditionelle regionale Delikatessen zu sich nehmen? Mit welchem Recht schlemmte die Bande eigentlich unter seinen Augen! Schwarzer Neid erfüllte sein Herz, und ohne groß zu überlegen, beschloss er, ein solches Unwetter aufziehen zu lassen, dass die Prasser sich an den Fischgräten verschlucken würden.

Engel haben geistige Kräfte, oder Substanz, wie man in Savo so treffend sagt. Sulo fachte zunächst den Wind an und ließ ihn an den Fenstern des drehbaren Turms rütteln, dann zog er eine finstere Gewitterwolke über den Puijo und ließ die Blitze zucken. Ha! Ein paar der Blitze lenkte er direkt in die Spitze des Turmes und registrierte zufrieden, dass im Restaurant das Licht erlosch und dass die Fahrstühle in ihren Schächten stecken blieben. Mit weißen Gesichtern schauten die Herren in das Toben hinaus, und Sulo Auvinen hatte den Eindruck, dass zumindest Erkki Liikanen ein Stoßgebet zum Himmel schickte. Assi als liebende Gattin stand ihrem Sünder zur Seite und stimmte inbrünstig mit ein.

Sulo hätte die Savolaxer Politiker durchaus noch länger gestraft, aber auch seine Befugnisse hatten Grenzen. Aus Kerimäki kam ein striktes Verbot. Der Engel Gabriel befahl seinem Untergebenen, sich zu beruhigen und das Wetter zu dämpfen. So konnte das Essen der eloquenten Herren seinen Fortgang nehmen, auch wenn der Ton gemäßigter als sonst war und die üblichen überheblichen Witze über die Leute aus Uusimaa sogar ganz ausblieben.

In Kuopio war es zwar schön, aber die Arbeit wartete. Anfang Juni flog Sulo Auvinen nach Helsinki. Jetzt war er froh und hoffnungsvoll gestimmt, anders als bei der Abreise, jetzt wo er ganz neue Instruktionen für seinen Beschützerauftrag erhalten hatte.

Aaro und Oskari waren nach Schweden zu den Volvo-Werken gefahren, um einen neuen Leichenwagen abzuholen als Ersatz für jenen, den sie in Ostbottnien zu Schrott gefahren hatten. In Aarettis antiquarischem Büchercafé agierten die Damen Viivi Ruokonen und Ritva Nuutinen. Erstere bediente die Gäste im Café, Letztere ordnete und sortierte die Bücher in den Regalen des Antiquariats. Ab und zu schauten Kunden herein. Unter den Freunden alter Bücher hatte sich die Kunde herumgesprochen, dass in der Mechelininkatu ein neues Geschäft der Branche eröffnet hatte, in dessen angrenzendem Café es leckeren Kuchen und deftige belegte Brote gab.

Als Schutzengel Sulo Auvinen Fräulein Nuutinen dabei beobachtete, wie sie zwischen den Bücherregalen hantierte, beschloss er, die günstige Gelegenheit zu nutzen und sie wieder nach Lieksa zu befördern. Gabriel hatte doch wohl recht gehabt, es war nicht Aufgabe eines Schutzengels, den ihm anvertrauten Menschen zu verkuppeln. Sulo gestand sich ein, dass er einen gedankenlosen Fehler gemacht hatte, als er das Fräulein von Lieksa nach Helsinki gelockt hatte, damit sie Aaro bezirzte. Zwar war sie in jeder Hinsicht die perfekte Kandidatin für eine Partnerschaft, aber weil Aaro ihrem Charme nicht erlegen war, war es besser, das ganze

Vorhaben rückgängig zu machen. Der alte Engel drang ins Unterbewusstsein des Fräuleins ein und flüsterte ihr zu, dass es vielleicht Zeit wäre, nach Hause zurückzukehren. Seine Vorschläge kamen nicht an. Fräulein Nuutinen lehnte diese Überlegungen rundweg ab. Es kam gar nicht infrage, dass sie Aaro aufgab. Obwohl der Engel mit aller Kraft bei ihr Stimmung gegen den Mann zu machen versuchte, konnte er nichts bewirken. Es kam zu einem Kampf der Geister, dessen Ergebnis es war, dass Aaro Korhonen dem Fräulein nur noch begehrenswerter erschien.
Sulo Auvinen konnte jedoch unmöglich klein beigeben. Die Vertreibung Fräulein Nuutinens betrachtete er als Herausforderung, die er auf alle Fälle zu bestehen gedachte, koste es, was es wolle. Er würde sich nicht von einer gewöhnlichen Sterblichen bezwingen lassen. Außerdem erschien ihm Viivi inzwischen, wenn er es ganz neutral betrachtete, doch als die geeignetere Partnerin für Aaro, mochte sie auch jung und offenkundig weltlich sein.
Sulo Auvinen grübelte den ganzen Tag darüber nach, mit welcher Methode er Fräulein Nuutinen aus der Mechelininkatu ausräuchern könnte. Am Abend stand sein Plan. Bei Einbruch der Dämmerung flog der Schutzengel durch Töölö und hielt Ausschau nach einem passenden jungen Burschen, den er auf Ritva Nuutinen hetzen konnte, damit er ihr Angst einjagte. Dann würde sie bestimmt ihre Koffer packen und nach Nord-Karelien zurückkehren.
Aus der Vogelperspektive sieht man mehr als von der Straßenebene aus, und so entdeckte Sulo Auvinen auf seinem halbstündigen Gleitflug mehrere geeignete Kandidaten. Seine Wahl fiel auf einen etwa zwanzigjährigen Schmierfinken, der gerade die Mauer hinter dem Nationalmuseum

mit der Sprayflasche bearbeitete. Jani Vottonen trug zerfetzte Hosen mit Hängearsch im Stil eines Hip-Hoppers und ein verschwitztes kurzärmeliges Hemd, auf dem Oberarm hatte er geschmacklose Tätowierungen und in der Nase ein ekliges Piercing. Er stank nach Schweiß und purem Dreck. Genau das richtige Ferkel, dachte der Schutzengel zufrieden. Diesen Typen würde nicht mal Fräulein Nuutinen ertragen.

Für Sulo Auvinen war es eine Kleinigkeit, sich den Auserwählten mittels Gehirnwäsche zum Gehilfen zu machen. Auf der Stelle schoss es diesem durch den Kopf, nach Töölö zu gehen, zum Beispiel in die Mechelininkatu, um alte Weiber zu erschrecken ... Es war wie ein innerer Zwang, der Bursche wunderte sich selbst darüber, aber die Sache reizte ihn, es erschien ihm viel spannender als das übliche Verunstalten öffentlicher Anlagen und Plätze. Zielstrebig machte er sich in Richtung Töölö auf, wandte sich zuvor aber noch einmal um und sprühte seine persönliche Signatur sowie eine Verwünschung der ganzen Menschheit unter sein Gemälde auf der Mauer. Dann betrachtete er sein Werk und verließ zufrieden lächelnd diesen Ort künstlerischen Schaffens. Der Schmierfink trabte sodann zur Mechelininkatu. Ganz automatisch landete er in jenem Viertel, in dem sich Aarettis antiquarisches Büchercafé befand. Im Schaufenster lagen alter Krempel, pfui Deibel, und haufenweise alte Bücher, uninteressanter ging es nicht mehr. Der Bursche sprühte dicke Hieroglyphen an die Scheibe und beschloss dann, wie von Gott geleitet, im Haus für noch viel mehr Unruhe zu sorgen. In seinem Kopf brannte nur ein Gedanke: *Verpiss dich nach Lieksa, verfluchte Alte, und zeig nie wieder deine blöde Fresse in dieser Gegend!* Er

musste richtig lachen und fragte sich, wie er auf diese Schimpfkanonade gekommen war, jedenfalls klang sie toll.
Jani drückte aufs Geratewohl auf einige Klingelknöpfe am Aufgang A, und bald schnarrte das Schloss. Immer noch ohne genaueren Plan trat er in den Fahrstuhl und fuhr in die oberste Etage. Dort musterte er die Namensschilder an den Wohnungen: Haartmann, Salonen, Korhonen, Starck. Wie wäre es mit Korhonen?, sagte sich Jani und klingelte. Es war bereits Nacht, sodass er mehrmals auf den Knopf drücken musste, ehe sich die Tür einen Spaltbreit öffnete und eine Frau in mittleren Jahren, mit einem Nachthemd bekleidet, herausschaute. Genau das richtige Opfer, entschied Jani und schrie ihr ins Gesicht:
»Verpiss dich nach Lieksa, verfluchte Alte, und zeig nie wieder deine blöde Fresse in dieser Gegend!«
Um den Effekt noch zu steigern, spuckte er Fräulein Nuutinen ins Gesicht. Das war zu viel für die mitten aus dem Schlaf gerissene Lehrerin. Sie packte den Strolch am Kragen und schleuderte ihn gegen die gegenüberliegende Wand, dass es nur so krachte, anschließend riss sie ihn an der Gurgel wieder hoch, klatschte ihm mit den Händen auf beide Wangen und zwang ihn vor der Tür in die Knie. Nun zog sie sich in ihren Flur zurück, nahm Anlauf, kam wie der Blitz zurück und trat Jani so kräftig in den Hintern, dass er schreiend auf den Fahrstuhlschacht zusauste und sicher noch manchen weiteren Meter zurückgelegt hätte, wäre er nicht von der scheppernden Gittertür aufgehalten worden. Weinend und Rache schwörend schleppte sich der jämmerliche Held zur Treppe. Dorthin mochte ihm Fräulein Nuutinen nicht mehr folgen.

Schutzengel Sulo Auvinen beobachtete den Kampf voller Entsetzen. Wieder war ein gut gemeinter Plan völlig in die Binsen gegangen. Das Fräulein war tatsächlich eine harte Nuss! Einerseits konnte er nicht umhin, sie zu bewundern, doch machten ihm solche Auftritte auch Angst. Falls sich die Nuutinen endgültig für ein Zusammenleben mit Aaro Korhonen entscheiden sollte, würden für den Mann schwere Zeiten anbrechen.

Jani Vottonen humpelte durch die Mechelininkatu. Er reckte die Fäuste zum Obergeschoss des bewussten Hauses.

»Ich schwöre, dass ich bald das ganze Viertel abfackeln werde, verfluchte Scheiße.«

Diese Worte sorgten dafür, dass die Sorgen des Schutzengels noch weiter anwuchsen.

17

EIN LEICHENWAGEN AUS SCHWEDEN

Verwalter Aaro Korhonen und Leichenwagenfahrer Oskari Mättö fuhren mit dem Schiff nach Stockholm und von dort weiter mit dem Zug zum Volvo-Montagewerk Torslanda in Göteborg. Sie hatten die Aufgabe, für das Bestattungsinstitut Lindell einen neuen Leichenwagen zu testen und zu kaufen, da der bisherige in Ostbottnien unbrauchbar geworden war.

Unterwegs im Zug bekam Oskari auf dem Mobiltelefon eine kurze Textnachricht: *Kauft gleich zwei Wagen, ich ahne voraus, dass es in Südfinnland einen guten Leichensommer gibt. Lindell.*

Inspiriert durch diese Botschaft entwickelten die beiden eine großartige Idee. Sie würden zunächst in Torslanda einen Leichen-Volvo kaufen und anschließend nach Deutschland weiterfahren, um dort beispielsweise einen entsprechenden Mercedes zu erwerben. Nach Absolvierung der Testfahrten würden sie schließlich mit zwei Sargschlitten nach Finnland heimkehren.

Die beiden Freunde checkten in einem Hotel in Torslanda ein. Dann fuhren sie mit dem Taxi zu den Volvo-Werken, die in diesem Stadtteil von Göteborg beheimatet sind. Man erwartete sie dort bereits. Es war Nachmittag. Nach der langen Bahnfahrt mundeten ihnen ein Göteborger Hummer-

sandwich und zum Hinunterspülen ein helles Bier. Dann kam man zur Sache. Nils Westermarck, der Produktionschef der Autofabrik, hatte die Präsentation des Leichenwagens gewissenhaft vorbereitet. Er erzählte den beiden Vertretern des Bestattungsinstituts Lindell, dass der Konzern in letzter Zeit die Produktentwicklung seiner Spezialfahrzeuge vorangetrieben habe. Zum Beispiel seien die Radkappen an den Leichenwagen neuerdings schwarz und nicht mehr aus hell glänzendem Aluminium. Die Fahnenstange auf dem linken Kotflügel lasse sich über einen Schalter am Armaturenbrett einholen und könne so auch, das war das Beste, automatisch auf Halbmast gesetzt werden. Besonders bei strengem Frost habe sich diese kleine, aber feine Erfindung großartig bewährt. Dieselbe Technik werde bei Staatslimousinen angewendet, nur dass es dort die Halbmastbeflaggung nicht standardmäßig gebe.
Was die technischen Eigenschaften anging, so berichtete der Produktionschef stolz, dass es sich um das neueste V-70-Modell handle, dessen Federung stabil, aber wiederum so beschaffen sei, dass das Modell auch als Krankenwagen eingesetzt werden könne – bei einem Patienten mit schwerer Gehirnerschütterung zum Beispiel sei es wichtig, dass der Wagen nicht nur schnell, sondern auch gleichmäßig und erschütterungsfrei fahre. Aaro Korhonen verstand dies sofort.
»Natürlich sind solche Speziallösungen nicht billig, aber ich kann garantieren, dass dieses Fahrzeug bei der Nutzung als Leichenwagen unbedingt zuverlässig ist und in seinem dunklen Erscheinungsbild wirklich stilvoll wirkt.«
Produktionschef Westermarck erwähnte noch, dass es beim Automatikgetriebe des Wagens eine spezielle Kriech-

stufe gebe, die im Hinblick auf Trauerfeiern entwickelt worden sei, der Fahrer brauche sich also nicht um die langsame Fahrgeschwindigkeit zu kümmern, dafür hatten die Ingenieure von Volvo fachmännisch gesorgt.

Oskari Mättö ergriff kurz das Wort, er sprach gut Schwedisch, denn seine aus Salla gebürtige Mutter war einst als Kriegskind in Skåne gewesen und hatte die dort erlernte Sprache des lieben Nachbarlandes auch ihren Kindern beigebracht.

Augenzwinkernd erklärte Oskari, dass das Bestattungsinstitut Lindell zu den Branchenführern in Nordeuropa gehöre und dass der Preis kein Hindernis beim Kauf darstelle, sofern denn das Fahrzeug den hohen finnischen Anforderungen entspreche. Er erzählte, dass er mit Leichenwagen verschiedenen Typs etwa siebenhundert Tote zu Grabe gefahren habe, und er glaube mit Fug und Recht sagen zu können, dass es trotz der allgemein niedrigen Dienstgeschwindigkeit des Fahrzeugs außerordentlich auf die Beschleunigung und vor allem auf die Leistung der Bremsen ankomme, beide mussten Spitzenklasse sein. Ebenso sei die Schallisolierung des Motors von enormer Wichtigkeit. Ein dieselbetriebenes Fahrzeug komme also in heutiger Zeit nicht mehr infrage, denn es erfülle nicht die Ansprüche der trauernden Angehörigen, auch werde die Friedhofsruhe aufs Empfindlichste gestört. Ein Begräbnislaster, der über die Kieswege rattere und an einen Dampfhammer erinnere, entspreche nicht den Erfordernissen einer Andacht.

»Wenn der Wagen Ihrer Fabrik unseren Erwartungen gerecht wird, sind wir bereit, über weitere Lieferungen zu verhandeln, auch werden wir Ihre Fahrzeuge den Rettungsdiensten überall in den nordischen Ländern empfehlen«, versprach Oskari Mättö beflissen und zwinkerte wieder unwillkürlich.

Nun begaben sie sich nach draußen aufs Vorführgelände, um den nagelneuen Leichenwagen in Augenschein zu nehmen. Es war ein schwarzer, prachtvoller Volvo, am Kühlergrill anstelle des Fabriksymbols ein silbernes Kreuz, das Dach hoch, in den Seitenfenstern dunkelgraues Glas, zwei Hecktüren. Sie zogen die Türen auf, um sich den Innenraum anzusehen. Er war geräumig genug, Oskari Mättö kroch hinein und bat den Produktionschef auszumessen, wie viel Raum über seinem Kopf und seinen Füßen blieb.

»Diese Maße sind wichtig. Hier hätte zu Versuchszwecken ein leerer Sarg stehen müssen, aber gut, es geht auch ohne, messen wir eben am Lebenden«, sagte Oskari.

Der Produktionschef zog ihn auf der mit Laufschienen ausgerüsteten Lafette heraus. Als aufmerksamer Experte inspizierte Oskari die Struktur der Schienen und stellte sofort fest, dass die Räder ziemlich klein waren, bei der gewerblichen Nutzung würden sie nicht lange genug halten. Er erklärte, dass heutzutage in Finnland wie auch in den anderen entwickelten Industrieländern übergewichtige Tote zum Friedhof kutschiert wurden, sodass die Räder stabiler sein mussten. Die beiden Profis sahen sich die Rollschienen an und stellten fest, dass Oskari recht hatte. Der Produktionschef versprach, die Rollschienen in der kommenden Nacht austauschen zu lassen.

Am Morgen war der Wagen fertig, und nachdem Oskari eine Zahlungsverpflichtung unterschrieben hatte, schwang er sich ans Steuer. Produktionschef Nils Westermarck übergab ihm außer dem Wagen auch eine mit Glasfiber

verstärkte schwedische Trauerflagge, die Oskari auf Halbmast setzte. Die Automatik funktionierte!
Die beiden Freunde fuhren zum Hotel, holten ihre Koffer ab und warfen sie auf die Sarglafette, dann ging es los in Richtung Dänemark. Aaro Korhonen versuchte herauszufinden, wo sie einen Leichenwagen deutschen Fabrikats kaufen könnten.
Viivi rief an und erzählte, dass das Büchercafé inzwischen recht gut besucht sei. Zweimal benutzte sie das Wort »schrecklich« in unterschiedlichen Zusammenhängen. Irgendwie hatte sie schreckliche Sehnsucht nach Aaro, und Fräulein Nuutinen hielt sie in vielerlei Hinsicht für einen schrecklichen Menschen.
Als die Männer die Brücke über den Großen Belt überquerten, beschlossen sie, auf der Rückfahrt auszuprobieren, wie die Leichenwagen im Ernstfall beschleunigten und fuhren. Aber zunächst ging es, mit der Flagge auf Halbmast, gen Berlin, denn es galt, für Lindell einen zweiten Wagen zu besorgen, zur Abwechslung ein deutsches Modell.
Die schwedischen und dänischen Beamten kassierten für den Leichenwagen keine Brückengebühren, und Zollformalitäten gab es ebenfalls nicht.

Zwischen den Frauen in der Mechelininkatu herrschte eine an einen Stellungskrieg erinnernde latente Feindschaft, aber sie waren gezwungen, irgendwie miteinander klarzukommen. Als Viivi Aaros Wohnung putzte, entschied sie, dass es Zeit fürs Teppichwaschen wäre. Fräulein Nuutinen lud verdrießlich die Teppiche in den Kofferraum eines Taxis, zugleich aber sagte sie sich, dass es an dem schönen Sommertag vielleicht sogar Spaß machen würde, draußen zu waschen und Aaro zu helfen. Sie fuhren an den Strand von Kaivopuisto, wo bereits etliche Frauen und Männer, sogar ganze Familien, bei der Arbeit waren.

Die Stadt hatte auf Druck der Naturschützer die Teppichstege vom Meer weg auf die Uferfelsen verlegen müssen. Die Kernseife verschmutzte angeblich den Strand. Die Allgemeinheit fand, dass die Waschzeremonie dadurch ihren besonderen Reiz verloren hatte. Was machte es denn schon, wenn an den Strand einer Großstadt ein paar Tropfen Seifenwasser flossen?

Sulo Auvinen war derselben Meinung, und er beschloss, sich der Sache anzunehmen. Auf den Uferfelsen lungerten mehrere Obdachlose herum und sonnten sich. Der Engel gewann zehn von ihnen für die Aufgabe, die Stege wieder ins Wasser zu tragen.

»Hau ruck! Hau ruck!«

Bald waren die Stege im Meer. Aber die Männer hatten versäumt, sie rechtzeitig an ihren neuen Standorten zu verankern. Eine leichte Brise wehte die Pontons mitsamt den Wäschern und Teppichen zur nächsten Insel. Erst abends gelang es den Arbeitern aus dem städtischen Park gemeinsam mit der Feuerwehr, die Stege über die schmale Bucht wieder zurückzuholen.

Obwohl ein kleines Malheur passiert war, war Sulo Auvinen dennoch froh, dass die Wäsche jetzt sauber war und nach frischem Meerwasser roch.

Fräulein Nuutinen und Viivi Ruokonen kehrten mit ihrer Fuhre in die Mechelininkatu zurück, wo sie die Teppiche zum Trocken auf den Dachboden brachten. Ritva Nuutinen dachte bei sich, dass damit ein guter Anfang gemacht war. Aaros Flickenteppiche waren jetzt sauber. Für das Zusammenleben waren gute Voraussetzungen geschaffen. Mit der Zeit würde das auch Viivi verstehen und aufhören, sich bei dem alten Mann Chancen auszurechnen.

Schutzengel Sulo Auvinen seufzte schicksalsergeben und sagte sich, dass Fräulein Nuutinen dann also, zumindest vorläufig, in Helsinki bleiben mochte. Nicht mal die geistigen Kräfte eines Engels reichten aus, um die verliebte Frau nach Lieksa zurückzuschicken.

18

AMALIAS UND ELSAS LEBENSENDE IN DEUTSCHLAND

Das nächstgelegene Montagewerk von Mercedes-Benz befand sich in Stuttgart, wohin Aaro Korhonen von unterwegs telefonischen Kontakt aufnahm. Er teilte mit, dass er und sein Kollege zu Untersuchungszwecken anreisten, sie wollten die Konkurrenzfähigkeit von Volvo und Mercedes bei Begräbnisfahrten prüfen, und er hoffe, dass das Autowerk dem Vorhaben mit dem gebührenden Interesse begegne. Weiter führte er aus, dass er den finnischen Bestattungsunternehmer Lindell vertrete, der sich den Ruf des Marktführers in den nordischen Ländern erworben habe und der gute und gemäßigte Geschäftsprinzipien zu schätzen wisse. Wenn also das Fahrzeug den Erwartungen entspreche, könne man eventuell handelseinig werden.

Aus Stuttgart bekam er die Antwort, dass man die Gäste gern im Werk begrüßen werde. Leichenwagen blickten dort auf eine Tradition seit 1890 zurück. Aaro verkniff sich einen makabren Scherz über jüngere, in die Geschichte eingegangene Leichentransporte, z.B. die in Konzentrationslagern.

Oskari Mättö holte die Trauerflagge ein und drückte auf die Tube. Der Volvo seufzte aus all seinen sechs Gaskehlen und beschleunigte umgehend auf zweihundert. Aaro studierte die Landkarte, und zum Abend erreichten sie Stuttgart, wo sie Hotelzimmer bezogen. Am Morgen machten sie sich auf den Weg, einen Mercedes zu kaufen.

»Für gewöhnlich lassen wir die Ausstattung unserer Spezialfahrzeuge in den Abnehmerländern vornehmen, aber in Ihrem Fall machen wir gern eine Ausnahme. Beim Bau von Leichenwagen haben wir überzeugende Erfahrungen, und ich glaube nicht, dass man Ihnen in Helsinki einen ebenso ausgefeilten Service bieten kann wie wir hier in Stuttgart.«

Heinz Schafenstein – der Chef für Produktentwicklung bei Spezialfahrzeugen in den Mercedes-Benz-Niederlassungen von Mitteleuropa – hieß die Vertreter des Bestattungsinstituts Lindell herzlich willkommen. In seinem Arbeitszimmer gab es heiße Bratwürste, Sauerkraut und starkes deutsches Bier. Man kam auf den Anlass des Besuches zu sprechen. Schafenstein stellte das derzeit im Angebot befindliche Modell detailliert vor. Es konnte seiner Meinung nach sehr gut mit dem entsprechenden Modell der schwedischen Marke Volvo konkurrieren. Es hatte ein Automatikgetriebe, versehen mit Schneckenkriechgang, wie er scherzhaft formulierte, die Sarglafette hatte sich bei vielen Tausend Begräbnissen bewährt, und sie glitt problemlos hin und her wie die Stimmung einer Frau, bewahrte aber ihren Halt mindestens ebenso gut wie der Kampfsattel der einstigen Hakkapeliten oder Mongolen. Die schwarze Außenlackierung war mit Ebonit behandelt, der Wagen glänzte nicht unnötig, sondern vermittelte einen ruhigen, fast andächtigen Eindruck.

Alle drei gingen nach draußen, um das Fahrzeug in Augenschein zu nehmen. Auch Aaro Korhonen kannte sich inzwischen mit der Qualitätskontrolle von Leichenwagen aus. Er zog die Hecktüren auf und legte sich auf die Sarglafette. Oskari und Heinz konnten so feststellen, dass selbst ein Mensch von 2,20 Metern Körpergröße mit Sarg und allem Drum und Dran ins Fahrzeug passen würde. Auch die entsprechende Breite war vorhanden. Selbst wenn der Tote hundertfünfzig Kilo wiegen würde, Platz war genug.

Mitten in diesen wichtigen Tests surrte Oskaris Mobiltelefon. Im Display tauchte eine kurze Textnachricht auf: *Auf der Rückfahrt von Berlin müsstet ihr eine verstorbene Finnin mitnehmen, Hilkka Pöntinen, die Sekretärin der Finnisch-Deutschen Gesellschaft weiß Näheres. Ist der Mercedes gut? Gruß Lindell.*

Aaro und Oskari prüften sorgfältig, ob die Gleiträder der Sarglafette im deutschen Fahrzeug stabil genug waren. Das war der Fall, die Räder brauchten nicht ausgetauscht zu werden. Oskari holte den Volvo, den sie auf der Straße geparkt hatten, und stellte ihn neben den Mercedes. Prachtvolle Autos! Man war glatt versucht zu sagen, dass es sich zu sterben lohnte, wenn man mit solchen Limousinen auf den Friedhof kutschiert wurde. Heinz interessierte sich für die Fahnenstangenautomatik am Volvo. Der Mercedes war noch mit der herkömmlichen, von Hand zu bedienenden Vorrichtung ausgestattet, aber womöglich würde schon bei der nächsten Generation Toter auch die deutsche Autoindustrie jene zweifellos vorzügliche schwedische Erfindung anwenden.

Als Mann mit Bildung sprach Aaro Korhonen gut deutsch. Er sagte das Offizielle, ähnlich wie Oskari in Torslanda.

Heinz Schafenstein war gerührt über das Stilgefühl seiner Kunden. Die Zahl- und Registrierformalitäten beanspruchten nur wenige Minuten. Verabschiedet mit herzlichem Händedruck stiegen die Finnen ein, und zwei prachtvolle Fahrzeuge setzten sich schaukelnd gen Berlin in Bewegung. Die starken Motoren schnurrten aus purem Wohlbehagen darüber, dass sie Gelegenheit bekamen, die edlen schwarzen Leichenkutschen auf die Autobahn zu bringen. Oskari fuhr den Mercedes, Aaro den Volvo. In Bonn tauschten sie, und bald waren sie auch schon in Berlin.

In der finnischen Kolonie in Berlin herrschte tiefe Trauer. Die Witwe Amalia Karhunen, eines der Gründungsmitglieder der Freundschaftsgesellschaft, war gestorben. Auf ihren eigenen Wunsch hin und mithilfe der beträchtlichen Geldmittel, die laut Testament vorhanden waren, sollte sie nach Finnland überführt werden und in der Heimaterde in Keikyä ihre letzte Ruhe finden. Der Sarg war bereits besorgt, der Totenschein ausgestellt, und einen Pass brauchte sie nicht mehr. Ein Frachtbrief genügte.

Es gab noch einen zweiten Grund zur Trauer. Amalia Karhunens gute Freundin Elsa Suhonen lag im katholischen Krankenhaus von Berlin im Sterben, und auch sie sollte zum Friedhof nach Keikyä geschafft werden. Nur leider lebte Elsa noch, war allerdings hirntot, und vermutlich würde sie in allernächster Zeit hinscheiden. Hilkka Pöntinen, die Vizevorsitzende der Gesellschaft, fragte die beiden Männer, ob sie es möglich machen könnten, so lange zu warten, bis Elsa tot wäre und man die entsprechenden Dokumente ausgestellt hätte. Eine Obduktion wäre wohl kaum erforderlich, und so könnten denn die sterblichen

Überreste beider Freundinnen mit Stil und Würde ins Heimatland überführt werden.
»Im Bestattungsinstitut Lindell sagte man mir, dass Sie zwei Leichenwagen zur Verfügung haben.«
»Ja, stimmt, und beide nagelneu«, prahlte Oskari.
Hilkka Pöntinen bewaffnete sich für den Gang ins katholische Krankenhaus mit einem Kerzenständer und zwei blauen Kerzen, die sie am Bett der Patientin entzündete, dann bat sie das Personal, den Raum für einen Moment zu verlassen. Sie beugte sich übers Bett der künftigen Toten, zog die Schläuche aus dem Körper der alten Frau und blickte auf den Monitor. Dort zeigte sich anstelle der schwachen Herzkurve ein gerader Strich.
»Besser ein Ende mit Schrecken als ein Schrecken ohne Ende«, konstatierte sie kühl realistisch.
Der Tod war eingetreten. Es war ein erhabener Augenblick, Aaro und Oskari räusperten sich schweigend. Hilkka fragte, ob einer der Männer eine passable Singstimme habe, damit man gemeinsam einen Choral summen könnte. Keiner der beiden mochte das von sich behaupten, aber als Hilkka mit leiser Stimme das Lied *O Welt, ich muss dich lassen* zu singen begann, stimmten Oskari und Aaro mit ein. Der behandelnde Arzt kam herein und gab den trauernden Finnen die Hand.
»Mein Beileid, eine Obduktion ist nicht erforderlich, die Papiere sind bereits seit zwei Wochen fertig.«
Es dauerte seine Zeit, bis der Leichnam erkaltet war und bis man ihn hergerichtet hatte. Nach drei Tagen konnten die Männer die Rückreise antreten. Die Särge wurden eingeladen, Aaro nahm den Mercedes, Oskari den Volvo. Sie verließen Berlin und steuerten Dänemark an. Lindell teilten

sie mit, dass sie nach der Ankunft in Finnland zunächst die Verstorbenen nach Keikyä bringen würden, sie wären dann in drei Tagen zurück. Lindell bedankte sich, daheim in Finnland warteten bereits sechs neue Tote.

19

DIE LETZTE REISE DER DAMEN AUS KEIKYÄ

Auf der neuen Brücke über den Großen Belt konnten Aaro und Oskari es nicht lassen auszuprobieren, wer von ihnen den schnelleren Leichenwagen hatte. Die Gelegenheit war günstig, denn seit dem Start in Berlin war ein ganzer Tag vergangen, jetzt war es bereits Mitternacht und auf der Brücke kaum Verkehr. Am Steuer des Volvo saß jetzt Aaro, den Mercedes kutschierte Oskari. Er hatte Elsa als Passagierin, in Aaros Obhut befand sich Amalia, Kaltblüter alle beide.

Die Wagen schossen davon. Der Volvo beschleunigte schneller, von null auf hundert in 6,7 Sekunden, aber der Mercedes konnte gut folgen. Als die Tachonadeln jenseits der 200 km/h pendelten, überholte Elsas Wagen den Volvo, aber Amalia gab nicht auf. Kurz vor dem schwedischen Ufer rasten die Wagen Seite an Seite auf eine soeben errichtete Straßensperre der schwedischen Polizei zu. Jetzt war die Wirkung der Bremsen gefragt. Die ABS-Systeme funktionierten großartig bei beiden Automarken. Allerdings waren es natürlich sommerliche Straßenverhältnisse.

Die Flagge des Volvo auf Halbmast, den Mercedes hübsch ordentlich danebengestellt. Aaro und Oskari warfen den Polizisten vor, dass ihr Radar offenbar nicht ganz von dieser Welt sei, denn wer würde schon mit einem Leichenwagen zweihundert Stundenkilometer und mehr fahren? Das war doch bescheuert. Zur Bekräftigung ihrer Worte öffneten sie die Hecktüren und präsentierten ihre Passagiere. Die Beamten konnten nur mehr hüsteln. Es handelte sich also um eine Trauerfahrt, vielleicht hatten da die neuen internationalen Geschwindigkeitsmessgeräte tatsächlich gelogen? Sie entschuldigten sich für ihren lebensnahen Amtseifer und ließen die beiden passieren.

Die Freunde quartierten sich in einem kleinen Motel in Malmö ein. Sie überlegten, ob es erforderlich wäre, die Leichenwagen in einer bewachten Halle oder auf einem umzäunten Parkplatz abzustellen, aber da es bereits Nacht war und beide von der langen Fahrt erschöpft waren, beschlossen sie, die Wagen vor dem Motel auf der Straße zu parken.

»Wer wird denn schon einen Leichenwagen klauen, zumal, wenn ein Kunde drinnen ist«, lautete ihr makabres Fazit. Aber genau das geschah. In den frühen Morgenstunden verschwanden beide Wagen mitsamt den Passagieren. Die Autodiebe hatten wahrscheinlich im Dämmerlicht der Sommernacht geglaubt, dass da auf der Straße zwei Luxuskombis auf ihre neuen Besitzer warteten, und waren gar nicht darauf gekommen, dass es sich um einen Leichentransport handelte. Wie auch immer, beide Autos waren über alle Berge.

Es war ein ungeheurer Skandal. Verzweifelt rief Oskari bei Lindell in Helsinki an und erzählte ihm, dass er und Aaro zwei Autos und zwei Tote verloren hatten.

Lindell wollte Einzelheiten wissen und überlegte einen Moment. Dann äußerte er die Vermutung, dass es bezahlte

Handlanger der Russenmafia gewesen sein könnten, denn sie waren besonders scharf auf große schwarze Wagen. Aber vielleicht hatten die Diebe inzwischen schon bemerkt, dass die Beute doch nicht so geeignet war. Lindell forderte Oskari auf, Strafanzeige zu stellen, und versprach, seinerseits den finnischen Zoll und den Grenzschutz zu informieren, für den Fall, dass die Autos mit ihrer Fracht in Finnland auftauchten. Und es bestand natürlich durchaus auch die Möglichkeit, dass die Autodiebe Schweden waren.

Zur selben Zeit flog Sulo Auvinen nach Schweden, um Aaro und Oskari in Empfang zu nehmen. Der Schutzengel erfuhr unterwegs von dem Geschehen. Die Nachricht vom Verschwinden zweier Toter war so ungeheuerlich, dass Sulo sich beinah in seinen Flügeln verheddert hätte. Er flog schneller und kam zur rechten Zeit in Schweden an, um den Autodiebstahl aufzuklären. Polizeibeamte waren bereits vor Ort, Aaro und Oskari berichteten ihnen vom Verschwinden der Autos und der Leichen. Bald traf auch Malmös oberster Polizeichef im Motel ein. Eine Fahndung für ganz Südschweden wurde herausgegeben, die zusätzlich im Rundfunk verlesen wurde. Die Suche nach den zwei schwarzen Wagen wurde mit vollem Einsatz betrieben.

Oft wird der schwedischen Polizei Unentschlossenheit und mangelnde Kompetenz vorgeworfen, aber in diesem Fall handelten die Beamten rasch und energisch.

Bald fand man heraus, dass die Autos in den frühen Morgenstunden von ihrem Stellplatz vor dem Motel gestohlen und auf direktem Wege in Richtung Stockholm gefahren worden waren. Bei den Dieben handelte es sich vermutlich um Profis aus dem Osten. Irgendwann hatten die Russen dann gemerkt, dass nicht alles im Lot war, und sie hatten

den Autobahnabschnitt zwischen Malmö und Stockholm verlassen. Zuletzt waren die beiden schwarzen Wagen in der Nähe von Stockholm gesichtet worden. Die Polizeihubschrauber begannen bereits mit der Suche. An eben dieser Aufgabe beteiligte sich auch Schutzengel Sulo Auvinen. Er war ein kompetenterer Flugbeobachter als die Piloten der Hubschrauber und Flugzeuge, denn er konnte flott fliegen und jederzeit am Boden landen, um seine Beobachtungen zu überprüfen. Die Flugkünste der Engel entsprechen denen der modernsten Kampfhubschrauber. Engel brauchen keinen Flugplatz. Lasten können sie so gut wie keine aufnehmen, sofern man nicht einen Rucksack, eine Tasche oder die Bibel dazu zählt. Aber Sulo flog jetzt ohne Ausrüstung, denn Engel brauchen keinen Proviant und keinen einzigen Tropfen Treibstoff.
Sulo Auvinen gewahrte die schwarzen Autos nördlich von Stockholm. Er sauste mit kräftigen Flügelschlägen hinter ihnen her und sah, dass in beiden russisch aussehende Galgenvögel am Steuer saßen, gedrungene Kerle in den Vierzigern. Anscheinend wagten die Diebe es nicht mehr, den Fährhafen anzusteuern, weil sie dort die Polizei vermuteten. Möglicherweise hatten sie vor, mit den Leichenwagen aus Schweden zu flüchten, indem sie nach Tornio oder in einen anderen Ort an Schwedens Ostgrenze und von dort über irgendwelche Grenzübergänge nach Murmansk oder Salla zu fahren versuchten. Ein frecher Plan, aber den Akteuren fehlte es wahrlich nicht an Dreistigkeit, ihn in die Tat umzusetzen.
Als Sulo Auvinen durch die verdunkelten Seitenfenster in die Autos hineinlugte, bemerkte er, dass keine Ladung mehr vorhanden war. Um Himmels willen! Der Schutz-

engel wusste, dass zu Beginn der Fahrt in jedem Auto ein Sarg mit einer Leiche gestanden hatte, aber jetzt waren sie leer. Die Diebe hatten also schließlich bemerkt, dass sie versehentlich außer zwei Leichenwagen auch zwei Leichen geraubt hatten. Auf ihrer Flucht hatten sie irgendwo unterwegs die Särge abgeladen und fuhren jetzt ohne Leichen und ohne Schuldgefühle weiter, so wie es nur Mafiosi fertigbringen. Aber wo hatten sie die Särge mit den beiden Leichen, mit Amalia Karhunen und Elsa Suhonen, gelassen?

Sulo Auvinen nahm Verbindung mit den Gedanken seines Schützlings auf und hämmerte ihm die Information über seinen Fund in den Schädel. Aaro erzählte dann auch sofort den Polizisten von seiner Vermutung, dass die Autos momentan nördlich von Stockholm in Richtung Haaparanta unterwegs waren. Die Hubschrauber wurden hingeschickt, die Situation zu checken. Sulo Auvinen veranlasste in seiner bewährten Manier den Beobachter in der Maschine, auf den richtigen Straßenabschnitt zu blicken, und schon bald wurde von oben der Befehl gegeben, zum Empfang der Flüchtigen eine Straßensperre zu errichten.

Die Diebe fuhren in die Falle und wurden verhaftet. Sie behaupteten, die Särge morgens auf einem Friedhof ausgeladen zu haben, wussten aber nicht mehr, wo das gewesen war. Beide Räuber bekannten, tief gläubig zu sein. Es war nicht ihre Absicht gewesen, unschuldige Tote oder deren Särge zu stehlen. Sie hätten die Leichenwagen nicht mal mit dem kleinen Finger angerührt, wenn sie gewusst hätten, was drinnen war. Aber in der nächtlichen Dämmerung war es unmöglich gewesen, die dunklen Kombis zu identifizieren, denn die trugen noch nicht das Namensschild des

Bestattungsinstituts und auch nicht das übliche Kreuz. Die Diebe hatten geglaubt, Limousinen der Luxusklasse zu ergattern. Und das waren die Wagen ja letztlich auch – gedacht für herrschaftliches Fahren auf der wichtigsten Reise des Menschen – seiner letzten.

Die Särge hatten sie in aller Eile auf den Friedhof von Motala geschafft, einer stand auf dem Weg, der andere auf einem Grab. Der Friedhofsgärtner fand sie, als er zur Arbeit kam, und informierte die Polizei.

Die Toten mussten identifiziert werden. Die Beamten schraubten die Deckel auf. Aaro Korhonen, Oskari Mättö und die schwedischen Polizisten stellten fest, dass die Leichen von Amalia Karhunen und Elsa Suhonen trotz ihres abenteuerlichen Ausflugs in relativ gutem Zustand waren.

Schutzengel Sulo Auvinen beobachtete eine faszinierende Metamorphose. Die toten alten Frauen verwandelten sich allmählich in Engel. In Amalias und Elsas weiße, wächserne Totengesichter stieg blutvolles Rot, die Lippen glühten wie bei jungen Mädchen, die Hautfalten glätteten sich. Aus den ausgemergelten Körpern schälten sich stattliche Engel, jünger irgendwie als ihr wahres Alter. Es war ein schöner Anblick, so als hätten sich weibliche Schmetterlinge aus ihrer Verpuppung befreit und zum Flug bereit gemacht. Die Frauen ließen ihre irdische Gestalt in den Särgen zurück und erhoben sich, wobei sie ihre leuchtend weißen Flügel der Sonne entgegenreckten. Sie waren verblüfft über ihre veränderte Daseinsform, sahen einander an und staunten über ihr neues Leben. Bald schon probierten sie ihre gewaltigen Flügel aus. Geführt von Schutzengel Sulo Auvinen, flogen sie ins Heimatland.

Die Särge wurden mit einem Laster in den Stockholmer Hafen geschafft. Die schwedische Polizei war inzwischen mit der kriminaltechnischen Untersuchung des Volvo und des Mercedes fertig, sodass die Särge erneut eingeladen und die Wagen aufs Frachtdeck der Fähre gefahren werden konnten.

Als Gentleman erbot sich Sulo Auvinen, die Damen Amalia Karhunen und Elsa Suhonen über das Meer nach Keikyä und zu ihren eigenen Beerdigungen zu begleiten.

Sie überflogen Stockholm, die Ålandinseln und den Archipel. Die Luft war atemberaubend klar, das Meer wogte unter weißen Schaumköpfen, auf den Klippen räkelten sich Robben, und ein paar Segler zogen ihre Bahn. Sulo Auvinen flog voran und passte auf, dass ihm die Frauen, die ihren ersten Flug absolvierten, sicher folgten. Die Stimmung war von himmlischem Glück geprägt. Sulos Herz erfüllte väterliche Freude. Dadurch inspiriert, rezitierte er ein paar besonders schöne Verse aus der sechsten Rune des Kalevala, in der der alte Väinämöinen auf Freiersfüßen geht.

Und der Aar, der Lüfte Vogel, trägt den weisen Väinämöinen zu des Nordens weiten Grenzen …

In Keikyä trafen sie vor Elsas und Amalias Leichen ein. Da sie nun reichlich Zeit hatten, lehrte Sulo die beiden Frauen, richtig zu fliegen. Er war ein geübter Luftfahrtengel und auch sonst vom Wesen her beschwingt. Er veranstaltete für die beiden Anfängerinnen einen regelrechten Kurs, lehrte sie den Gleitflug, die Rhythmik der Flügelschläge sowie Sturzflüge und das Ausruhen auf Luftströmen. Amalia und Elsa kicherten unsicher, und da sie bereits betagt waren, hatten sie Angst, sich in die von Sulo vorgeschlagenen Höhen hinaufzuschwingen. Im Laufe des Tages bekamen sie jedoch mehr Mut. Sie erinnerten sich an ihre Jugend, als sie aus purem Übermut nach Deutschland gereist waren, angeblich um zu studieren. Der Geldmangel hatte sie jedoch gezwungen, als Dienstmädchen zu arbeiten und später deutsche Männer zu heiraten, womit die Freiheit ihrer Mädchenjahre geendet hatte. Als Hausfrauen hatten sie im fremden Land ihr Leben verbracht, buchstäblich zwischen Faust und Herd. Die Ehegatten waren schon vorzeiten gestorben, Gott sei dafür Dank.

Am Nachmittag veranstaltete Sulo Auvinen zum Abschluss des Kurses auf der Kirche von Keikyä eine private Flugschau. Er stieg behände auf wie ein Albatros. In drei Kilometern Höhe faltete er seine mächtigen Flügel spitz zusammen und stürzte aus den Schönwetterwolken herab wie ein schwarzer Meteorit. Unten auf dem Vorplatz der Kirche kreischten Amalia und Elsa vor Schreck und Bewunderung. Alles wäre perfekt gelaufen, hätte nicht Sulo Auvinen in seinem Übermut den freien Fall ein wenig zu lange ausgedehnt. Er breitete im letzten Moment die Flügel aus, um aus dem Fall in einen eleganten Gleitflug zu kommen, aber das Tempo war gefährlich hoch. Die Federn stoben, als der Fliegerheld auf dem Glockenturm aufschlug, wo er, ein wenig geniert, hängen blieb.

Amalia und Elsa halfen dem Gentleman-Engel herunter und umsorgten ihn, so wie sie es in ihrer Ehe gelernt hatten. Der Fluglehrer erholte sich bald so weit von seinem wilden Sturz, dass er den Damen verraten konnte, der Aufschlag habe zum Programm gehört. Die Schlussnummer einer Flugschau müsse so riskant sein, dass das Publikum geboten bekomme, was es sich im Innersten wünsche: die Faszination des Fliegens, Schrecksekunden,

unerträgliche Spannung und zum Schluss befreiende Erleichterung.
Auf ihrer letzten Wegstrecke von Turku nach Helsinki brachten Aaro Korhonen und Oskari Mättö die Leichen von Amalia und Elsa in deren Heimatgemeinde nach Keikyä, wo das örtliche Bestattungsinstitut sie übernahm. Oskari hinterließ Lindells Transportrechnung zur Weitergabe an die Erben. Sulo Auvinen als Gentleman-Engel dankte den Damen für den schönen Tag und wünschte beiden eine angenehme Ewigkeit.
Spät abends, noch vor der Ankunft in Helsinki, erhielt Aaro Korhonen eine Nachricht auf dem Handy: *Hey, lieber Aaretti, die Mechelininkatu brennt. Komm bald nach Hause, das wünscht Viivi.*

20

DIE MECHELININKATU BRENNT

Jani Vottonen rächte sich für die Abreibung, die ihm Fräulein Nuutinen verpasst hatte, indem er den Dachboden des Hauses in der Mechelininkatu anzündete. Das geschah zum selben Zeitpunkt, da Oskari und Aaro mit den Leichen aus Deutschland zurückkehrten. Anstelle der üblichen Sprayflasche nahm Jani eine Flasche mit Zündflüssigkeit sowie ein Bündel Putzwolle mit. Mit genau diesen Zutaten hatten er und seine Kumpane sich im Sommer Lagerfeuer an der Töölö-Bucht angezündet, um Würste zu grillen. Jani marschierte in die Mechelininkatu, drückte auf ein paar Klingeln am Aufgang A und gelangte erneut problemlos ins Haus. Er stieg die Treppe hoch und brach die Tür zum Dachboden auf. Kein Problem für ihn, den von seinen Kumpanen geachteten Schmierfinken und angehenden Ganoven. Wenn man ein Sicherheitsschloss öffnen will, braucht man dafür nichts weiter als lange Fingernägel und ideelle Kräfte.

Jani schnupperte und atmete die abgestandene Luft des Dachbodens ein. Sie war trocken und inspirierend. Bald würde alles, was sich hier oben befand, zu Asche verbrennen! Und die Korhonensche ein Stockwerk tiefer würde ebenfalls verkohlen, garantiert. Was musste sie auch dem King von Töölö in den Arsch treten. Zum Glück hatte niemand die peinliche Nummer gesehen. Ein Scheißgedanke, dass einen so ein blödes Weib kaltgestellt hatte. Eigentlich hätte er die Stahlkette von der Motorsäge mitbringen müssen, da hätte die Alte hinterher solche Spuren in der Fresse, dass sie sich nie mehr trauen würde, in den Spiegel zu glotzen, wobei ja schon jetzt nicht viel los war mit ihrer Visage.

Jani hielt die Flasche mit der Zündflüssigkeit in der Hand und schlich von einem Ende des langen Dachbodens zum anderen, dabei entwarf er seinen Brandplan. Wie wäre es, wenn er, vorn am Eingang beginnend, die Verschläge der Hausbewohner einzeln anzünden würde, immer einen nach dem anderen, schön der Reihe nach, zuerst rechts und dann auf dem Rückweg links? Prima Idee, und der Erfolg wäre garantiert.

Schutzengel Sulo Auvinen war von Keikyä direkt nach Helsinki geflogen. Er sah, was da kommen sollte, und versuchte verzweifelt, in Janis Gehirn einzudringen, um die Brandstiftung zu verhindern, aber der Bursche war jetzt so erfüllt von seinem geplanten Verbrechen, dass in seinem Kopf kein einziger vernünftiger Gedanke mehr Platz hatte.

Jani spritzte den Anzünder durch die Gittertüren auf die dahinter aufbewahrten Gegenstände – Kleidungsstücke auf Bügeln, Kinderspielzeug, alte Koffer. Eine Handvoll brennender Putzwolle hinterher, und ein langer Schritt zum nächsten Verschlag. Herrlich knisternde Flammen schlugen Jani heiß ins Gesicht, das hier war einfach geil! Fünf, sechs, sieben Verschläge entflammten wie von Zauberhand. Dicker Qualm quoll durch die Gittertüren, die Flammen züngelten schon an der Decke, irgendwo knackte es lustig. Jani machte schneller, er musste sich beeilen, wenn er es schaffen wollte, den ganzen Dachboden anzuzünden. Aber keine Bange! Als fünfzehn Verschläge in Flammen standen, war der Brandbube schon an der Giebelfront angelangt und machte kehrt, um sich auf dem Rückweg die linke Seite vorzunehmen.

Inzwischen war es erstickend heiß, aber noch wollte er nicht die Fensterscheiben einschlagen, dann würden nämlich die Leute auf der Straße die Flammen sehen und die Feuerwehr rufen. Das brächte nur Ärger, und auch die Polizei würde aufkreuzen und nach der Brandursache forschen. Jetzt galt es, hart zu bleiben, obwohl Janis Augen bereits tränten und unter dem Hemd der Schweiß in Strömen floss. Ein finnischer Mann gibt nicht so leicht auf. Rockmusik, eine Fotze und Schnaps.

Die zweite Seite war noch übrig. Jani spritzte Flüssigkeit auf Putzwollbündel, entzündete sie und stopfte sie durch die Gittertüren. Dabei verbrannte er sich die Finger. Er konnte die Umgebung nicht mehr richtig sehen, da sich überall Qualm ausbreitete, prima. Jani war in Hochform! Wie viele Menschen gibt es schon, die etwas riskieren, dies ist Krieg, was sagst du dazu, Sari, du Miststück, ein freier Mann macht Dinge, die du nicht kapierst, auch Eikka oder Mutter nicht, jetzt könnt ihr mal sehen, verdammt. So zündelte er also weiter.

Schutzengel Sulo Auvinen beschloss, die Feuerwehr herbeizurufen, da seine geistigen Kräfte bei Jani Vottonen nicht mehr wirkten. Er flog zur Feuerwache nach Kallio und alarmierte in seiner Not die Männer, die gerade eine Ruhepause machten. Der arme Engel war so außer sich, dass er auch dieses Unternehmen vermasselte. In seiner Aufregung vergaß er, auch nur einem einzigen Feuerwehrmann klarzumachen, dass das Feuer in Hietaniemi und nicht direkt in Töölö war. So verging fast eine ganze kostbare Stunde, denn die Löschfahrzeuge donnerten zwar los, aber nach Töölö, wo sie hin und her fuhren und nach dem Brandort suchten, ohne ihn zu finden. So konnte der Dachstuhlbrand fröhlich weitertoben.

Inzwischen war Jani Vottonen von dem dicken Qualm und den Flammen so erschöpft, dass er sich nicht mehr aufrecht halten konnte und auf dem heißen Dachboden auf allen vieren herumkroch wie ein irrer Betrunkener. Er erbrach sich und weinte, suchte in seiner Not nach dem Ausgang, aber zum Treppenhaus hin erhob sich eine fauchende Flammenwand. In Janis Kopf hämmerte ein einziger Gedanke, er musste jetzt sofort raus, auch auf die Gefahr hin, dass er der Polizei in die Arme lief. Er kroch zurück, verirrte sich aber unterwegs und brach schließlich auf dem kühlen Betonfußboden zusammen. Die Fensterscheiben zersprangen in der Hitze, ein feuriger Wind wehte in den Raum, aber der half dem Brandstifter nicht mehr, Jani Vottonen verlor das Bewusstsein und bald auch sein Leben. Ein heißes Ende, kurz bevor er im glühenden Ofen landete. Den Geist aufgegeben und rein in die Hölle.

Aaro Korhonen informierte Oskari Mättö per Handy über das Feuer. Die Männer rasten mit ihren beiden schwarzen Wagen in einem irren Tempo auf der Turkuer Autobahn nach Helsinki. Als sie die Stadt erreicht hatten, mussten sie das Tempo drosseln, aber bald schon waren sie in der Mechelininkatu. Schon von Weitem, vom nördlichen Ende der Straße aus, konnten sie sehen, dass es sich um ein Großfeuer handelte, aus der Anzahl der Löschfahrzeuge und der riesigen Rauchwolke zu schließen. Zweihundert

Meter hinter Aarettis antiquarischem Büchercafé war die Straße abgesperrt. Aaro und Oskari kamen auf die Idee, in den Park von Hietaniemi zu fahren, dort stellten sie die Leichenwagen ab, dann rannten sie an den Brandort.

Sechzehn Löschwagen waren vor Ort, dazu ein Leiterfahrzeug und Dutzende Feuerwehrmänner, ringsum stand eine dichte Menschenmenge. Es war bereits dunkler Abend, sodass das Feuer die ganze Gegend erleuchtete. Der Dachstuhl des Hauses Mechelininkatu 15 brannte lichterloh, die Flammen züngelten in den Nachthimmel. Es war ein makabrer und zugleich prachtvoller Anblick. Hoch über allem flatterte der aufgeregte Schutzengel, den die Menschen natürlich nicht sahen. Viel fehlte nicht, und Sulo Auvinen hätte sich die Flügel verbrannt, so gewaltig waren die Flammen, die aus dem Etagenhaus schlugen. Das Blechdach war eingefallen, die Fetzen verteilten sich mit den Feuersäulen, die der Wind vor sich hertrieb, über die ganze Umgebung. Die Polizisten forderten die Zuschauer auf, sich im Interesse der eigenen Sicherheit weiter zurückzuziehen, und sie sperrten einen weiten Bereich um den Brandort mit gelbem Band ab, damit die Feuerwehrmänner agieren konnten. Halb bekleidete Hausbewohner wurden in Bussen untergebracht, die inzwischen vorgefahren waren. Eine ziemliche Katastrophe hatte der tölpelhafte Schutzengel da wieder verursacht.

Aaro und Oskari gelangten ins Innere des abgesperrten Bereiches, als Aaro den Polizisten sagte, dass er der Verwalter des brennenden Hauses sei und helfen wolle, die Bewohner zu retten. Oskari Mättö als hilfsbereiter Freund durfte mitkommen. Die Polizisten verboten ihnen, sich an den eigentlichen Löscharbeiten zu beteiligen, und warnten sie vor herunterfallenden und brennenden Gegenständen. Jemand brachte für Aaro und Oskari Feuerwehrhelme. Zunächst schauten sie ins Büchercafé, wo sie auf Viivi Ruokonen trafen. Sie flog Aaro an den Hals und weinte. In der Hand hielt sie einen Plastikeimer voller Wasser für den Fall, dass das Feuer auf das Café und den Laden übergreifen würde. Viivi beabsichtigte, bis zum letzten Wassereimer gegen das Feuer zu kämpfen.

Nun machten sie sich auf den Weg zu Aaros Wohnung. Der Fahrstuhl funktionierte natürlich nicht mehr, er war geschlossen, und so stürmten sie im Laufschritt die Treppe hoch. Von oben ertönte eine entschlossene, herrische Frauenstimme:

»Ich verlasse mein Heim nicht und gehe nirgendwohin!«

Es war Fräulein Nuutinen. Die Feuerwehrleute und Polizisten versuchten sie zu evakuieren, aber sie wehrte sich entschieden. Sie hatte die Wohnung okkupiert und dachte nicht daran, wegen eines Feuers die einmal bezogene Stellung dem Feind zu überlassen. Aber als sie merkte, dass Aaro und Oskari gekommen waren, gab sie ihren Widerstand sofort auf. Sie schnappte sich die fertig gepackte Tasche, umarmte und küsste Aaro und willigte ein, die heiß gewordene Wohnung zu verlassen. Aaro warf einen raschen Blick hinein. Alles war wie vorher, außer dass immer noch die Sachen des Fräuleins herumlagen. Die Luft war schweißtreibend heiß und stickig. Über der Decke tobte das Feuer, das sich jederzeit ausbreiten und das ganze Haus vernichten konnte. Es war höchste Zeit, die Räume zu verlassen und auf die Straße zurückzukehren. Zuvor prüfte Aaro mit seinen Verwalterschlüsseln, ob sämtliche Wohnungen leer und nirgendwo mehr Menschen oder Haustiere zurückgeblieben waren. Eine Schildkröte und zwei kleine Kätzchen brachten er und Oskari mit hinaus, als sie auf die Straße traten. Sie reichten die Haustiere an die Frauen weiter und prüften anschließend die Situation in den Aufgängen B und C. In einer der Wohnungen lag ein halb tauber Mann mit alten Pornoheften auf dem Bett und schnarchte seelenruhig. Sie verfrachteten ihn in den auf der Straße wartenden Bus und überließen ihn der wohlwollenden Obhut der verschreckten älteren Damen.

Schutzengel Sulo Auvinen bat Gott um Vergebung für all den Mist, den er in letzter Zeit angerichtet hatte. Im tiefsten Inneren spürte er, dass er gerade jetzt wohl nicht so ohne Weiteres Gnade zu erwarten hatte.

21

DER ENGEL DES UNHEILS SCHWEBT ÜBER DER HEISSEN BRANDSTÄTTE

O Gräuel der Verwüstung!

Die ganze Nacht kämpften die Löschtrupps der Feuerwehr gegen die gewaltigen Flammen. Sie konnten die Wohnetagen des Hauses mit Mühe retten, aber der gesamte Dachboden einschließlich der Dachkonstruktion wurde vernichtet. Beim Nachlöschen fand sich unter den Zuschauern ein pockennarbiger, scheußlicher Kerl ein, der wie ein Mörder aussah. An den Füßen hatte er Jazzstiefel, sein Haar war zottig, und an seinem Gürtel hing ein Messer in der Scheide. Sein Atem stank nach verfaultem Käse. Er stand gegenüber der Brandstätte und betrachtete zufrieden die Verwüstungen, die das Feuer bewirkt hatte. Dieses Scheusal war von Beruf Teufel.

Um den Oberteufel handelte es sich jedoch keineswegs, sondern es war der mehrfache Mörder und alte Ganove Rauno Launonen. Er hatte seine Verbrechen bald nach dem Zweiten Weltkrieg in Finnland verübt, hatte drei Menschen getötet, zahlreiche Betrügereien und Raubüberfälle begangen. Sein Heimatort war Laune in Mittelfinnland gewesen, wo ihn die Leute gefürchtet hatten, bis er Ende der 50er-Jahre im Zuchthaus gestorben war. Launonen hatte als einer der geschicktesten Verbrecher seiner Zeit gegolten. Er war intelligent gewesen und hatte sich bei Bedarf korrekt benehmen können. Er hatte sogar ordentlich die Schule besucht und es bis zum Abitur geschafft. Ein schlauer Spitzbube, aber vom Wesen her gnadenlos. Kein Wunder, dass er nach seinem Tod zum Berufsbösewicht geworden war. So, wie im Himmel Scharen von Engeln agierten, gab es auch in der Hölle die entsprechende Mannschaft. Und einer der Teufel hatte sich nun aufgemacht, die Brandstiftung in Helsinki zu begutachten. Der Satan hatte Launonen losgeschickt, Schutzengel Sulo Auvinen zu vernichten. Der fliegende Religionslehrer war ein ernst zu nehmender Konkurrent für die Teufel geworden, sie fürchteten seine Taten.

Aaro Korhonen verbrachte den Rest der Nacht in Viivis Wohnung, Fräulein Nuutinen im Hotel *Helka*. Am Morgen kam Aaro mit Viivi zur Brandstätte, um die Höhe der Schäden zu schätzen. Das gesamte Dachgeschoss war weg, die verkohlten Reste hingen an den Wänden der obersten Wohnetage. Aaro rief einen Bauunternehmer an und bestellte ein paar Männer, die auf Dacharbeiten spezialisiert waren, damit sie den oberen Boden vor Regen schützten. Im weiteren Verlauf des Tages engagierte er einen Architekten und einen Ingenieur, die die statischen Berechnungen und die Pläne für den Bau eines neuen Dachgeschosses machen sollten. Der Vorstand der Wohnungsgesellschaft traf sich zu einer Sondersitzung, um den anstehenden Neubau zu besprechen.

Jani Vottonens verkohlte Überreste wurden in die Pathologie gebracht. Die Leiche zu öffnen war nicht mehr möglich, die Identität des Brandstifters konnte nicht geklärt werden.

Der unbedeutende Schmierfink blieb eine namenlose Leiche, derer niemand gedachte. Nicht einmal der Engel Gabriel alias Unteroffizier Kalle Määttä machte um Janis Tod viel Aufhebens. Der Brandstifter war bestimmt längst in der Hölle angekommen.

Das Feuer hatte die Wohnetagen nicht beschädigt. Im Treppenhaus gab es Rauchspuren, aber Löschwasser war nicht in die Etagen eingedrungen. Der gewaltige Brand hatte letztlich überraschend wenige Schäden verursacht.

Viivi öffnete das Büchercafé. Die Gäste standen beinahe Schlange, denn viele Menschen waren neugierig und wollten die Spuren des Feuers sehen, und da sich Aarettis antiquarisches Büchercafé mitten im betroffenen Gebäude befand, herrschte an Kundschaft kein Mangel. Bücher gingen zu Dutzenden über den Ladentisch.

Fräulein Nuutinen verkündete, dass sie für ein paar Tage ins heimatliche Lieksa fahren wolle. Vorsichtig bemerkte Aaro, dass sie doch eigentlich gleich all ihre Sachen mitnehmen und dableiben könnte, denn im Grunde genommen sei ihre Anwesenheit im Büchercafé nicht erforderlich. Fräulein Nuutinen schnaubte nur verächtlich und erklärte, dass sie in die Mechelininkatu zurückkehren werde, sowie sich der Rauchgeruch verzogen habe.

Schutzengel Sulo Auvinen sah seine Gelegenheit gekommen. Wenn Fräulein Nuutinen nach Lieksa fuhr, bestand die gute Chance, ihre Rückkehr nach Helsinki zu verhindern und so den Fehler von einst zu korrigieren. Der Engel Gabriel würde sich bestimmt freuen, wenn er erführe, dass Sulo die Nuutinen wieder dorthin zurückbefördert hatte, wo er sie einst zu Aaro Korhonens Verdruss hergeholt hatte.

Rauno Launonen wäre ebenfalls gern nach Lieksa gereist, um den Fortgang der Dinge zu verfolgen. Aber da Teufel nicht fliegen können, hielt er es für klüger, in Helsinki zu bleiben und Aaro Korhonen samt Anhang zu belauern.

In Lieksa gab Sulo Auvinen alles, um Fräulein Nuutinens Unterbewusstsein mit Heimatliebe zu füllen. Er zeigte ihr das schöne Nord-Karelien, den anmutigen Pielisjärvi-See, die zartgrünen Haine, die Kiefernbäume mit roter Borke. Die traditionelle finnische Landschaft ist atemberaubend, wenn man sie mit der rauen Hauptstadt vergleicht. Aber natürlich verödet die Provinz, wenn keine Arbeitsplätze da sind und die tüchtigen Männer das Weite suchen. Der vertrottelte Lieksaer Biersäufer ist für ein auf Bildung und schöne Dinge orientiertes Wesen wie Ritva Nuutinen nicht auf Dauer interessant. Aaro Korhonen hingegen war genau der Richtige, und er zog das Fräulein so magisch an, dass sie gar nicht ernsthaft erwog, zu Hause zu bleiben, auch wenn sie zugab, dass Karelien schön war, zumal in dieser herrlichen Jahreszeit.

Eine Woche später wurde in der Mechelininkatu in Helsinki damit begonnen, das verbrannte Dachgeschoss neu zu errichten. Verwalter Aaro Korhonen hatte sich ins Zeug gelegt, er hatte aus dem Archiv die alten Baupläne des Hauses besorgt, die der Architekt modernisiert hatte, er hatte die Baugenehmigung eingeholt, hatte die Baufirma ausgewählt und auch alle sonstigen komplizierten Vorbereitungen, die bei einem Bau anfielen, getroffen. Als Fräulein Nuutinen hörte, dass in der Mechelininkatu alles wieder bestens lief, beschloss sie, nach Helsinki zurückzukehren.

Sulo Auvinen gedachte ihre Rückkehr allerdings nicht zuzulassen. Der Engel Gabriel würde es nicht gern sehen, wenn Ritva Nuutinen in Helsinki wieder alles durcheinanderbrächte. Aaro brauchte auf keinen Fall zwei Frauen um sich, das hatte Sulo Auvinen inzwischen erkannt, und diese Erkenntnis würde er nicht mehr aufgeben.

Sulo überlegte, wie er Fräulein Nuutinen dazu bewegen könnte, zu Hause zu bleiben. Wenn er ihr nun einen anständigen Mann besorgte? Er würde sie dazu bringen, sich neu zu verlieben und so Aaro zu vergessen. Als Sulo sich jedoch im Straßenbild von Lieksa umsah, kam er zu dem Schluss, dass der passende Mann nicht so ohne Weiteres zu finden war. An sich sind die nordkarelischen Männer durchaus anständige Kerle, aber einem genaueren Blick halten sie kaum stand. Die meisten haben keinen Arsch in der Hose, sie sind kurzbeinig, stinken nach Schweiß, die Kopfhaut schuppt, viele sind von morgens bis abends besoffen. Als wäre das noch nicht genug, sind die meisten auch verheiratet und haben gar kein Interesse an einer neuen Beziehung.

Sulo Auvinen verabschiedete sich von dem Gedanken, einen passenden Ersatzmann zu finden. Stattdessen beschloss er, einen Verwandten Fräulein Nuutinens erkranken zu lassen, sodass sie sich veranlasst sähe, daheimzubleiben und den Patienten zu pflegen. Bedauerlicherweise hatte das Fräulein keine schwächelnden nahen Verwandten. Immerhin machte der Schutzengel einen betagten Onkel ausfindig, den er zum Fischen auf den See lockte. Zuvor veranlasste er den ansonsten fast völlig abstinenten Alten, in die nahe Kneipe zu gehen und ein paar Gläser Bier zu trinken. Das war nicht schwer, denn auch Senni Kärväinen hatte ja dem Bier zugesprochen, obwohl sie ihr Leben lang abstinent gewesen war. Seinen Freunden gegenüber prahlte der alte Uolevi Nuutinen, dass er sich ein paar Ratgeber genehmigen wollte, bevor er auf den See hinausfuhr, um seine Netze auszuwerfen. Bestimmt würde er die Fischgründe besser finden, wenn er ein wenig vorgesorgt hätte, scherzte er.

Wie Sulo erwartet hatte, musste der Alte draußen auf dem Wasser pinkeln, schließlich hatte er etliche Humpen geleert, ehe er zu seiner Fahrt auf den jetzt bereits windigen und kühlen See gestartet war. Uolevi erhob sich in dem wackeligen Boot und öffnete seinen Hosenstall. Der normalerweise sehr umsichtige Mann wunderte sich selbst, warum er dabei taumelte, noch dazu an der Bootswand. Und so geschah es denn, dass das Boot umkippte und der Onkel ins Wasser fiel. Nachdem er mit heruntergerutschten Hosen ans Ufer gepaddelt war, erkältete er sich am windigen See und bekam eine Grippe. Aber der Alte war aus hartem Holz geschnitzt und legte sich nicht so schnell ins Bett, um den Kranken zu spielen, geschweige denn, dass er seinen Verwandten gegenüber gejammert hätte. Fräulein Nuutinen erfuhr nicht einmal davon, dass ihr alter Onkel hohes Fieber hatte und in seiner Wohnung am Stadtrand auf dem letzten Loch pfiff.

Sulo Auvinen startete einen weiteren Versuch und nahm Kontakt zum Rektor von Fräulein Nuutinens Schule auf. Der rief die Lehrerin an und bat sie, ihren Urlaub für ein paar Wochen zu unterbrechen. Es gab furchtbar viel Arbeit mit den neuen Lehrplänen, und auch die anstehende Reparatur der Klimaanlage musste geplant werden. Aber Fräulein Nuutinen lehnte die Bitte ab und sagte, dass sie erwäge, endgültig in die Hauptstadt umzuziehen. Sie habe genug von der Erziehung disziplinloser Bälger, sie wolle auf jeden Fall ein Sabbatjahr einlegen und sich als Leiterin eines Antiquitätengeschäfts betätigen.

22

WECHSELNDE WINDE ZU MITTSOMMER

Als der Onkel aus dem Boot in den See fiel, war es bereits der Vorabend zum Mittsommer. Zur selben Zeit bereitete man sich in Helsinki in Aarettis antiquarischem Büchercafé darauf vor, dieses größte Fest des Sommers feierlich zu begehen. Viivi Ruokonen machte im Café die belegten Brote fertig, Oskari Mättö besorgte einen Kasten Bier und mehrere Flaschen Wein. Aaro Korhonen trug alles in Lindells Leichenwagen, mit dem sie zum Strand von Hietalahti fahren wollten, wo das Boot von Viivis Vater lag. Aaro hatte eine kleine Hütte auf der Insel Rääveliholm gemietet, die in Espoos Schärengarten lag und auf der einst in alten Zeiten estnische Robbenfänger gehaust hatten. Aaro warf die Frage auf, ob man Fräulein Nuutinen in Lieksa über den geplanten Inselausflug informieren sollte, aber Viivi fand das unnötig. Mochte das Weibstück am Pielisjärvi feiern, bis sie platzte, sie, Viivi, wollte mit diesem aufdringlichen Frauenzimmer das schönste Fest des Sommers nicht in derselben Hütte verbringen. Auch Oskari war der Meinung, dass in der kleinen Hütte nicht mehr als drei Personen wirklich Platz hätten, und selbst dann musste einer schon auf dem Fußboden schlafen.

Als sie den Proviant und das übrige Gepäck in dem kleinen

offenen Boot von Viivis Vater verstaut hatten, fuhr Aaro den Leichenwagen nach Töölö und stellte ihn in der Garage des Bestattungsinstituts Lindell ab, dann kehrte er mit dem Taxi ans Ufer zurück, wo Oskari und Viivi bereits den Bootsmotor gestartet hatten und dabei waren, die Seekarten zu studieren. Der Teufel Rauno Launonen hatte sich ebenfalls rechtzeitig eingefunden und sich im Bug zwischen Kühltasche und Proviantkorb niedergelassen, wobei er sorgfältig darauf achtete, dass er unsichtbar blieb.

Es war ein schöner Sommerabend, aber der Wind wehte recht kräftig. Die drei beschlossen, zunächst aufs offene Meer hinaus und dann durchs innere Fahrwasser von Lauttasaari nach Espoo zu fahren, um dort im Schutz der Inseln weiter nach Rääveliholm zu schippern. Alle freuten sich auf ein schönes Mittsommerfest, was auch sonst.

Schutzengel Sulo Auvinen war von Lieksa herbeigeeilt, um Aaro Korhonen und dessen Freunde zu beschützen. In Lieksa brauchte man ihn zurzeit nicht unbedingt. Der Engel flog über dem Boot dahin und betrachtete die schöne Meereslandschaft. Gottes Schöpfung ist wirklich herrlich, dachte er bei sich. Schade nur, dass er schon tot war, bei diesem Wetter und jetzt zu Mittsommer wäre er gern unter den Lebenden, besonders, wenn er noch ein wenig jünger wäre und sich mit dem entsprechenden Aussehen und Auftreten ein junges Mädchen angeln könnte. Na gut, der Job als Engel hatte auch einiges für sich. Man hatte keinen Hunger und keine Gelüste nach einer Frau. Man betrachtete einfach die schöne Natur und behütete seinen Schützling und dessen Freunde. Sulo wollte besonders scharf aufpassen, jetzt, wo Mittsommer war und viele Unfälle passierten. Die Begebenheit auf dem Pielisjärvi kam ihm in den Sinn. Fräulein

Nuutinens Onkel war bestimmt längst erkrankt. Höchst bedauerlich, aber was hätte er, Sulo, sonst machen sollen, um das Fräulein in Lieksa festzuhalten. Er verließ sich auf Fräulein Nuutinens guten Willen und die Stärke der Familienbande. Bestimmt würde sie daheimbleiben, um ihren Verwandten zu pflegen, wenn sie nur erst erführe, dass der sich erkältet hatte, nachdem er in den See gefallen war. Jedenfalls blieb zu hoffen, dass es so ablaufen würde.

Die Hütte war wirklich klein, aber gemütlich, und da die Luft klar und warm war, beschlossen Aaro, Oskari und Viivi, ihre Mittsommerfeier auf der Terrasse zu begehen. Die Männer luden den Proviant aus und trugen ihn nach drinnen, dann machten sie sich daran, am Strand Holzabfälle für ein Lagerfeuer zu sammeln, und im Wald fanden sie Reisig. Inzwischen hatte Viivi den Tisch gedeckt und das Bier in den Kühlschrank gestellt. Aaro und Oskari holten Saunawasser aus dem Meer. Viivi machte die Betten. Von der gegenüberliegenden Insel, einem städtischen Erholungsgebiet, klangen der Gesang von Frauen und Akkordeonspiel herüber. Zu diesem Zeitpunkt brüllte noch niemand besoffen herum. Die Stimmung war richtig angenehm. Man öffnete die Bierflaschen, saunierte und ging baden, und dann wurde gegessen.

Hier und dort flammten Lagerfeuer auf den Schären auf. Der kräftige Wind hatte sich ein wenig gelegt, er blies von Rääveliholm weg aufs Meer, sodass auch Aaro, Oskari und Viivi beschlossen, ihr Lagerfeuer anzuzünden. Oskari kam auf die Idee, den Benzinkanister aus dem Boot zu holen, er goss zwei Liter als Zündflüssigkeit auf das Holz, dann brachte er den Kanister wieder zurück.

Sulo Auvinen betrachtete die drei glücklichen Menschen

wohlgefällig. So manierlich hätte auch er Mittsommer gefeiert. Ein wenig Bier nach der Sauna, und jetzt, da das Lagerfeuer angezündet wurde, war es Zeit, den guten Jahrgangswein zu probieren, den Viivi von Aaros Geld besorgt hatte. Viivi hatte die Verkäuferin gefragt, welchen Wein sie für die Feier in den Schären empfehlen würde. Die hatte einen argentinischen Rotwein angepriesen, der ihrer Meinung nach gut mit der Saunawurst harmonierte.
Viivi hatte sich dem Urteil angeschlossen und las die entsprechende Seite aus dem Weinkatalog, den ihr die Verkäuferin gegeben hatte, vor:

Luigi Bosca Cabernet Sauvignon 2000, Mendoza. Komplexes und elegantes Aroma, bei dem Cassis und Tabak auszumachen sind. Der kultivierte Geschmack ist ebenfalls ausgewogen und sorgt für ein fruchtiges Gefühl im Mund. Das harmonische Ganze wird strukturiert von den eleganten, reifen Gerbsäuren. Der Wein hinterlässt einen ungewöhnlich langen und anregenden Nachgeschmack.

Oskari Mättö sorgte für eine Steigerung, als er aus seiner Tasche drei Flaschen mit dem vielversprechenden Namen *Lumo*, Zauber, vom finnischen Gut Rutjanlinna zutage förderte. Als er unlängst einen verstorbenen Lohjaer Bergmann abholen sollte, war er in Lohjansaari gelandet, wo der Mann die letzten Jahre seines Lebens verbracht hatte. Und, wie nicht anders zu erwarten, hatte ihm der ortsansässige Produzent Siderberg das zauberhafte Mittsommergetränk empfohlen. Im Jahr zuvor war es sogar in der Presse bewertet worden. Oskari hatte mit den Flaschen auch eine Kopie des Zeitungsartikels bekommen:

Lumo von Rutjanlinna ist ein eleganter Beerenwein. Der Geschmack ist dunkel, beerig frisch, jedoch nicht schwer. Der Abgang ist nobel, der Wein passt zu Wildgerichten, kann aber auch in geselliger Runde genossen werden. Der Duft ist überraschend aromatisch.

Fröhlich knisternd entzündete sich der Holzstoß, heiße Flammen erhoben sich hoch in den Himmel. Die Feiernden prosteten sich zu. Das Mittsommerfest war auf dem Höhepunkt.

Die drei blickten aufs Meer, ein sanfter Wind ließ kleine Wellen an den Steg und die Ufersteine plätschern. In der zunehmenden Dämmerung leuchteten Dutzende von Lagerfeuern, große und kleinere, über das Meer hallte wehmütiger Gesang. Auch Finnen können gefühlvoll und kultiviert feiern.

Nach Meinung des Teufels war die Stimmung zu harmonisch geworden. Launonen ging an den Steg, und in Ermangelung einer anderen Beschäftigung knotete er das Seil los und versetzte dem Boot einen Fußtritt. Das Boot glitt aufs Meer hinaus. Der Teufel beobachtete zufrieden, wie es sich immer weiter vom Ufer entfernte. Es befand sich schon sehr weit draußen, als Oskari Mättö endlich das Missgeschick bemerkte.

»Verflucht! Das Boot ist abgehauen!«

Aaro Korhonen riss sich die Kleider vom Leib.

»Es müsste doch mit dem Teufel zugehen, wenn wir es nicht zurückholen!«

Schutzengel Sulo Auvinen indes beschloss, das Problem auf seine Weise zu lösen. Er ließ den Wind aus der Gegenrichtung blasen, sodass das Boot stoppte und langsam wieder zurücktrieb. Der Windstoß überraschte die drei Menschen am Strand. Alles bestens. Aaro zog sich wieder an. Mit Hurrarufen begrüßten sie den näher kommenden Ausreißer. Der Schutzengel war darüber so erfreut, dass er die Kraft des Windes verstärkte. Genau das hätte er nicht tun dürfen. Das lodernde Lagerfeuer bekam Auftrieb und brannte immer fröhlicher. Jetzt, da der Wind vom Meer her wehte, entzündete sich zuerst das staubtrockene Gras, bald folgten die Campingmöbel und danach das Außengeländer. Die Flammen leckten an der Terrasse, und dann griff das Feuer auf das Gebäude selbst über.

Sulo Auvinen bekam es mit der Angst zu tun. Wie hatte er nur so unbedacht sein können. Scheiß auf das Boot, jetzt musste rasch das Feuer gelöscht werden. Er drehte den Wind und zog eine Gewitterwolke über den Himmel. Es begann in Strömen zu gießen, und der Wind wehte wieder ablandig. Der sommerliche Regenschauer konnte jedoch das Feuer nicht löschen. Im Gegenteil, der auflebende Wind bewirkte lediglich, dass auch das Außenklo hinter der Veranda aufflammte wie das schönste Lagerfeuer. Ein ekelerregender Gestank breitete sich aus.

Das Boot schaukelte wieder weit draußen auf dem Meer. Die Hütte brannte lichterloh, und obwohl Aaro, Oskari und Viivi mit Eimern Wasser aus dem Meer holten und es auf das Gebäude spritzten und der Gewitterschauer die ganze Gegend durchnässte, war die Hütte nicht mehr zu retten. Nach einiger Zeit ertönte vom Festland her die Sirene der Feuerwehr. Ein Löschboot kam mit hoch aufragendem Bug angesaust. Die Feuerwehrmänner zogen einen Schlauch zur Hütte, aber es half nichts mehr, das Gebäude brannte bis auf den Steinsockel nieder. Das Boot

von Viivis Vater war im Dunst der Mittsommernacht verschwunden.
Niedergeschmettert tranken die drei ihr letztes Glas Wein vor der rauchenden Ruine. Sie mussten mit den Feuerwehrleuten aufs Festland zurückkehren. Rauno Launonen stand zufrieden an Deck des Stahlbootes und blickte glücklich auf den Horizont. Am Ende war es doch noch ein verteufelt schönes Mittsommerfest geworden.
Schutzengel Sulo Auvinen vermochte sich nicht mehr in die Lüfte zu erheben, sondern schlich über die Uferfelsen und weinte, während seine Flügel über den Boden schleiften. Es war ein rührender Anblick. Der alte, wohlmeinende Engel in Tränen aufgelöst. Zum Glück konnten Viivi, Aaro und Oskari das weder sehen noch hören. Die Welt der Engel steht nur den Toten offen, nicht den Lebenden.

23

DER SCHNELLZUG AUS KARELIEN FÄHRT IN KOUVOLA IN DEN WALD

Am Abend von Johannis hatte sich Sulo Auvinen von seinem neuesten Missgeschick so weit erholt, dass er die Kraft fand, nach Lieksa zu fliegen, um Ritva Nuutinens Rückkehr in die Mechelininkatu zu verhindern. Es war allerdings keine leichte Aufgabe, denn das Fräulein hatte ein für alle Mal entschieden, wieder in Helsinki aufzukreuzen, besonders, da Mittsommer nun vorbei war. Die Arbeit und eine höchst wahrscheinliche Ehe in der Mechelininkatu warteten.

Und so geschah es denn, dass Fräulein Nuutinen wieder ihre Koffer packte, mit der Regionalbahn nach Joensuu fuhr und dort in den Schnellzug stieg. Denselben Wagen okkupierten zwanzig betagte deutsche Feldwebel, Sergeanten und Korporäle, die nach Finnland gekommen waren, um ihre Erinnerungen an den Lapplandkrieg und die Kämpfe um Kiestinki aufzufrischen. Die Veteranen waren achtzig Jahre oder älter, aber immer noch munter und fidel. Fräulein Nuutinen, die Deutsch sprach, dachte im Stillen, dass da ein Haufen alter Kerle beisammen saß, die immer noch ihrer fragwürdigen Heldentaten gedachten. Sie hatten dabei geholfen, Lappland zu zerstören, und sie hatten russische Kriegsgefangene entführt, um sie dann nach dem Verhör zu erschießen. Ritva Nuutinen konnte sich nicht verkneifen, die Deutschen auf diese Tatsachen anzusprechen, worauf die Alten erklärten, dass Lappland aus militärischen Gründen zerstört worden sei und dass die Nachkommen der verräterischen Waffenbrüder nicht daherkommen und ihnen etwas von Kriegsmoral erzählen sollten.

Schutzengel Sulo Auvinen flog hinter dem Zug her und grübelte, wie er es anstellen könnte, Ritva Nuutinen noch von ihrer Reise abzubringen. Es war hoffnungslos. Das Fräulein saß entschlossen in einem Wagen zweiter Klasse inmitten der deutschen Kriegsveteranen. Sie schmiedete Pläne, wie sie Aaro Korhonen veranlassen könnte, mit ihr in eine Wohnung zu ziehen, weg von Viivi aus der Caloniuksenkatu. Sulo Auvinen registrierte diese Pläne mit Entsetzen. In der Mechelininkatu standen wieder harte Konfrontationen bevor.

Natürlich hatte Sulo Auvinen nicht die Absicht, einen folgenschweren Unfall zu verursachen. Aber da sich der Schnellzug bereits Kouvola näherte und bald darauf nach Helsinki weiterfahren würde, musste irgendetwas passieren. Sulo entwickelte eine Idee, die seiner Meinung nach einfach prima war. Er müsste einfach nur in den Computer des Kreuzungsbahnhofs eindringen und dafür sorgen, dass das Weichensystem durcheinandergeriete und der Zug auf andere Schienen gelenkt würde. Hinter Kouvola würde die Fahrt dann nicht mehr auf der offiziellen Strecke nach Helsinki weitergehen, sondern die Lok würde pfeifend in eine andere Richtung rattern, etwa nach Tampere oder Oulu, ganz egal. An so einem Knotenpunkt gab es genug Alternativen.

Sulo Auvinen setzte seine prima Idee auch sofort in die Tat

um. Es war ganz leicht, in den Computer der Staatsbahn einen munteren Virus einzuschleusen, der sich des Weichensystems bemächtigte und es neu ordnete. Sulo war stolz auf seine Leistung. Der Schnellzug aus Karelien fuhr donnernd in den Bahnhof ein und stoppte, so wie es sein sollte. Neue Reisende stiegen zu, aber als der Zug weiterfuhr, schwenkte er auf das Gleis nach Tampere ein. Der Lokführer erhöhte das Tempo und bemerkte eine Weile nichts Besonderes. Als der Zug bereits mit mehr als hundert Stundenkilometern in Richtung Tampere unterwegs war, packte den Lokführer das Entsetzen. Notbremsung! Die Folge war, dass der letzte Wagen, in dem Ritva Nuutinen und die deutschen Kriegsveteranen saßen, aus den Schienen sprang und qualmend in den Wald donnerte. Die alten Männer verletzten sich, zwei Feldwebel starben an einem Herzschlag, aber das Fräulein kam mit wenigen Schäden davon. Die Unglücksstelle wurde alsbald freigelegt, die Verletzten brachte man mit Krankenwagen in die nächstgelegenen Kliniken. Die beiden toten Veteranen wurden ins Leichenschauhaus von Lahti abtransportiert. Fräulein Nuutinen hatte eine Beule an der Stirn und einen großen blauen Fleck auf dem Oberschenkel, zum Glück über dem Rocksaum. Sie humpelte durch die Gänge des Zentralkrankenhauses von Lahti und rief in Lieksa und Helsinki an. Daraufhin untersagte man ihr, mit dem Handy zu telefonieren, denn im Krankenhaus durften keine elektronischen Geräte benutzt werden. Das Fräulein ging auf den Hof hinaus und meldete sich bei Aaro Korhonen. Sie erzählte ihm von dem Zugunglück und meinte, dass es vermutlich auch bald in den Rundfunknachrichten erwähnt würde.

Aus Helsinki war ebenfalls nichts Gutes zu vermelden. An Mittsommer hatte Aaro zusammen mit seinen Freunden eine kleine Villa in den Schären abgefackelt, und ein Boot war verloren gegangen. Die Dacharbeiten in der Mechelininkatu 15 ruhten noch wegen der Feiertage.

Fräulein Nuutinen berichtete, dass bei dem Zugunglück zwei deutsche Kriegsveteranen ums Leben gekommen seien. Das wäre doch ein prima Auftrag für das Bestattungsinstitut Lindell, die Deutschen stammten aus der Nähe von Berlin, dorthin könnte Lindell sie kutschieren. Die Nuutinen versprach, alles Entsprechende in Lahti zu veranlassen, wenn Oskari Mättö und Lindell das Weitere in Helsinki besorgen würden. Aaro erklärte, dass er eigentlich keine Zeit hatte, tote deutsche Kriegshelden nach Berlin zu chauffieren, worauf Fräulein Nuutinen drohte, sich in dem Fall selbst ans Steuer zu setzen. Sie besaß einen gültigen Führerschein und hatte reichlich Erfahrung im Lieksaer Straßenverkehr gesammelt. Aaro seufzte und versprach, die Tour nach Deutschland zu machen.

Von den an Herzanfällen gestorbenen Deutschen hatte der verlorene Krieg am Ende ihres Lebens das größtmögliche Opfer gefordert, sie hatten ihr teures Leben eingebüßt.

Der Schutzengel schwebte in düsterer Stimmung über dem Unglücksort. Alles schien zu misslingen. Doch er beschloss, mit noch größerem Einsatz weiterzumachen und dafür zu sorgen, dass nichts Schreckliches mehr passierte.

Der Teufel begrüßte freudig die Nachricht vom großen Zugunglück. Er musste gezwungenermaßen anerkennen, dass Aaro Korhonens Beschützer ein unglaublicher Schädling war. Ein Feind ohnegleichen. Für eine solche Begabung gäbe es in der Hölle mehr als genug zu tun.

Als dem Engel Gabriel alias Unteroffizier Kalle Määttä in Kerimäki die Nachricht von Sulo Auvinens neuesten Heldentaten, dem Feuer und dem Zugunglück, bei dem zwei deutsche Kriegsveteranen gestorben und zwanzig verletzt worden waren, überbracht wurde, schnaubte er als alter Held des Winterkrieges nur:
»Das sind doch Kleinigkeiten, verglichen mit all den großen Unglücken ... Manchmal kippen sogar Schiffe um.«

24

EINE FLOTTE SCHIFFSFAHRT NACH ROSTOCK

Viivi Ruokonen war wütend auf Aaro Korhonen, als sie hörte, dass Fräulein Nuutinen wieder beabsichtigte, nach Helsinki zu kommen. Besonders ärgerte sie sich darüber, dass jene sich frech mit einmischte, wenn die Leichen deutscher, bei einem Zugunglück umgekommener Feldwebel nach Berlin gebracht werden sollten. Begriff Aaretti denn nicht, dass dieses Frauenzimmer eine bloße Glücksritterin und Intrigantin war, die unter fadenscheinigen Vorwänden das Büchercafé und die Wohnung in der obersten Etage an sich zu reißen versuchte? Ein richtiger Mann mit klaren Zielvorstellungen würde nie erlauben, dass sich eine verblühte, hergelaufene Lehrerin in sein Leben einmischte.

»So einem Schlappschwanz werde ich keine Kinder gebären, da kannst du mal ganz sicher sein.«

Wenn Fräulein Nuutinen den Transport der toten Deutschen begleiten würde, dann würde Viivi das Büchercafé schließen und ebenfalls nach Berlin fahren. Sie erklärte, sie würde im selben Leichenwagen wie Aaretti sitzen, Oskari könnte im anderen Wagen Fräulein Nuutinens Gesellschaft und ihr aufdringliches Parfüm ertragen.

»Wir werden also zu sechst unterwegs sein, zwei Tote,

zwei Männer, zwei Frauen, in dieser Reihenfolge«, sinnierte Aaro Korhonen.
»Du bist ziemlich alt für mich, ich werde garantiert irgendwann Witwe ... Das hat allerdings den Vorteil, dass ich mich nicht scheiden lassen muss, damit wird es für uns beide billiger«, rechnete Viivi ihm vor.
Aaro sagte, dass er einen seltsamen inneren Zwang verspüre, Fräulein Nuutinen irgendwie zu akzeptieren, er könne sich das selbst nicht erklären.
Viivi diskutierte nicht weiter über Fräulein Nuutinen und innere Zwänge, sondern plante die mögliche Ehe und deren Ende durch Aaros altersbedingten Tod.
»Ich verspreche dir, dass ich, nachdem ich verwitwet bin, zwei Jahre Trauerzeit einhalte und erst dann erneut heirate. Du begreifst sicher, dass die Kinder einen Vater brauchen, besonders nachdem du tot bist.«
Aaro Korhonen fand, dass auch ein Jahr Trauerzeit vollauf genügte. Das Thema würde nicht zum Streit zwischen ihnen führen, jedenfalls nicht vor der Trauung.
»Andererseits habe ich ja noch nicht mal um dich angehalten.«
»Nun, dann halte doch um die Nuutinen an, wenn du Lust hast.«
Der Wortwechsel wäre noch weitergegangen, aber er brach ab, als Oskari Mättö ins Café gestiefelt kam. Er erzählte, dass es in ein paar Tagen nach Berlin ginge, Fräulein Nuutinen hatte die Tour mit Lindell vereinbart. Die deutschen Leichen wären bereits übermorgen abholbereit, die Obduktionen waren abgeschlossen. Die Zinksärge standen in Töölö bereit, waren gewaschen und desinfiziert, die Deckelfenster poliert. Ein deutsches Bestattungsinstitut

würde die Leichen in Berlin übernehmen. Die Kosten für die Reise trüge die Eisenbahndirektion. Die Tour wäre ein echtes Schnäppchen, hatte sich Lindell gefreut, denn auch die Toten hatten eine Reiseversicherung, in diesem Falle für ihre letzte Reise. Wenn möglich, sollte Oskari eine Fuhre für die Rücktour besorgen, denn es war unrentabel, die beiden teuren Autos leer nach Finnland fahren zu lassen. Allerdings konnte es nicht endlos mit dem Transport von Importleichen weitergehen, denn jetzt nach Mittsommer gab es auch zu Hause viele Tote, eine besonders gute Ausbeute an Ertrunkenen kündigte sich für den Sommer an.

»In der Julihitze ertrinken in Finnland mehr Menschen als in allen anderen nordischen Ländern zusammen.«

Lindell hatte angeordnet, dass die zu Mittsommer angefallenen Toten noch vor der Deutschlandreise beerdigt werden sollten, erst danach galt die Devise: rein mit den Deutschen ins Auto und rauf auf die Fähre Hanko–Rostock.

Schutzengel Sulo Auvinen hatte sich bereits von seiner Depression nach dem Zugunglück erholt. Unfälle gibt es immer, was kann ein lebloser Engel dagegen machen, dachte er und freute sich andererseits schon auf die bald beginnende Deutschlandtour. Er war als Student auf einer Stipendienreise in Wittenberg gewesen, wo Martin Luther seinerzeit die Reformierung des christlichen Glaubens von den Bestechungsgeldern, die die Kirche in Form des Ablasshandels kassiert hatte, in die Wege leitete. Als junger Theologiestudent hatte Sulo eine Untersuchung über die Bedeutung von Luthers Ess- und Trinkgewohnheiten für den Verlauf der Reformation verfasst. Jetzt also hoffte er, dass ihm neben seiner normalen Schutztätigkeit Zeit bliebe, von Berlin nach Wittenberg zu fliegen und die alten Erinnerungen aufzufrischen.

Die Autofähre Superfast verkehrte mehrmals pro Woche zwischen Hanko und Rostock. Rauno Launonen fand sich rechtzeitig vor der Abfahrt in Hanko ein. Der Teufel platzierte sich auf dem Treppenabsatz unterhalb des Restaurants, von wo er einen guten Blick ins Foyer und auf die Treppen zu beiden Seiten hatte. Im Vergleich zu einer Kabine war es ein unbequemer Ort, aber für einen Mörder, der im Zuchthaus gesessen hatte, waren die Bedingungen recht komfortabel. Außerdem hatte er jetzt eine wichtige Aufgabe, die seine ganze Aufmerksamkeit verlangte. Sulo Auvinen musste entweder völlig ausgeschaltet oder bekehrt und zum Diener des Satans gemacht werden. Ein anspruchsvolles Vorhaben, aber ganz nach dem Herzen Launonens. Er hatte sich schon zu Lebzeiten großen Herausforderungen gestellt. Drei selbst verübte Morde sprachen da ihre eigene blutige Sprache.

Aaro und Oskari fuhren die Leichenwagen aufs Autodeck und bekamen Plätze am äußersten Rand unmittelbar hinter dem Fahrstuhlschacht. Sie überlegten eine Weile, ob sie die Fahrzeuge an Deck anschließen sollten. Ein finnischer Brummifahrer kam dazu und sagte, dass er seinen zehnräderigen Laster nie anschloss, denn dafür würde er eine ganze Stunde brauchen. Seiner Meinung nach war die Fähre so schnell, dass sich der Seegang kaum auswirkte, das Schiff schoss fast im Gleitflug durch die Wellenkämme, da war es überflüssig, die Autos anzuschließen. Oskari und Aaro entschieden sich jedoch, für Sicherheit zu sorgen. Sie sagten, dass sich ein Fernlaster wahrscheinlich auch bei schwerer See auf den Rädern hielt, aber in ihren Autos befand sich eine teure Last, Tote nämlich, sodass sie lieber kein Risiko eingehen wollten.

Der Brummifahrer wollte wissen, wer in den Särgen lag, und als er erfuhr, dass da zwei deutsche Feldwebel, die einst in Kiestinki und im Lapplandkrieg gekämpft hatten, ihre letzte Reise machten, wunderte er sich:

»Sind von denen immer noch welche am Leben? Der Krieg ist doch schon sechzig Jahre her.«

Oskari antwortete, dass diese zwei nicht mehr lebten, aber es gebe durchaus noch Veteranen der deutschen Armee.

Aaro und Oskari bezogen eine gemeinsame Kabine, aber Viivi Ruokonen und Ritva Nuutinen waren nicht gewillt, sich eine Kabine zu teilen, sodass jede ihre eigene bekam. Das Abendessen nahmen sie dennoch zu viert ein.

Als die Damen schlafen gegangen waren, spazierten Aaro und Oskari über das Deck und blickten aufs dunkel werdende Meer. Sie unterhielten sich über ihr Reiseprogramm und über den Brand zu Mittsommer. Die Versicherung hatte hinsichtlich einer Zahlung noch keinen Entscheid gefällt, und der könnte durchaus auch negativ ausfallen, da die Feiernden bei Ausbruch des Feuers Alkohol getrunken hatten. Auch das Boot war nicht gefunden worden.

Schutzengel Sulo Auvinen stand mit seinen langen Flügeln an der Reling und lauschte dem Gespräch der Männer. Zweifellos war der Brand auf der Insel sehr bedauerlich gewesen, aber begriff Aaro denn nicht, dass der Schutzengel nur hatte helfen wollen?

Oskar Mättö lobte Fräulein Nuutinen und nannte sie einen netten Menschen. Er wunderte sich, warum Aaro nicht mit ihr auskam. Eine Persönlichkeit mit Stil, und auch das Parfüm von bester Qualität.

Aaro ließ all die Missgeschicke vom Frühling und Frühsommer Revue passieren. Es war eine ganz schön lange Liste, angefangen beim Unfall mit dem Leichenwagen in Ostbottnien. Brände, Gehirnerschütterungen, Polizeiverhöre und widerspenstige Frauen. Du lieber Gott!
»Es ist, als wäre der Teufel persönlich hinter mir her«, meinte Aaro Korhonen und seufzte schwer.
Das war zu viel für Sulo Auvinen. Der Schutzengel wurde böse. Mit welchem Recht nannte sein Schützling ihn einen Teufel? Nun ja, zweifellos hatte er einige Schäden verursacht, das musste er zugeben, aber auf dieser Welt passierten nun mal Unfälle. In guter Absicht hatte er gehandelt, und das schon mehrere Monate lang. Wo gehobelt wird, fallen Späne. Für einen Moment erwog Sulo, den Schutz der Autofähre aufzugeben, nach Kerimäki zum Engel Gabriel zu fliegen und zu verlangen, dass ihm ein anderer, dankbarerer Schützling zugeteilt würde. Aber dann siegte sein gutes Herz, und er beschloss, Aaro Korhonen zu verzeihen. Aaro war immerhin nur ein gewöhnlicher Lebender, unvollkommen mit all seinen Fehlern und ohne Ahnung von den höheren himmlischen Mächten. Man musste ihn verstehen.

25

MANCHMAL KIPPEN SOGAR SCHIFFE UM

Als die Männer zum Schlafen in ihre Kabine gegangen waren, beschloss Sulo Auvinen, sich auf die Kommandobrücke zu begeben und seines Amtes als Schutzengel zu walten. Auf dem dunklen Meer lauerten unter Umständen mancherlei Gefahren auf die mit fast zwanzig Knoten dahinbrausende Autofähre. Der Teufel war wachsam und folgte dem Engel auf dem Fuße.

Auf der Kommandobrücke befand sich nur ein Steuermann, er war Grieche, denn in Griechenland war die Reederei der Superfast beheimatet. Die Kommandosprache auf dem Schiff war dennoch Englisch. Sulo Auvinen besah sich interessiert die unzähligen Messgeräte und warf auch einen Blick aufs Radar. Das Schiff befand sich weit draußen auf der Ostsee, schloss er aus dem blauschimmernden Bild, auf dem sich ein heller, zeigerähnlicher Lichtstrahl bewegte.

Rauno Launonen drängte nun Sulo Auvinen, die Messgeräte und auch das Ruder zu beeinflussen. Der Teufel wollte erreichen, dass der Engel eine ernste Gefahrensituation heraufbeschwor, womöglich ein Seeunglück verursachte. Nach dem bisherigen Mist, den er verzapft hatte, würde er damit endgültig jedes Wohlwollen im Himmel verspielen. Das wiederum würde bedeuten, dass Auvinen leichter veranlasst werden könnte, die Seiten zu wechseln und dem Satan zu dienen. Ein genialer Gedanke. Teufel Launonen rieb sich die Hände.

Der Schutzengel fing jedoch nicht etwa an, eigenhändig das Schiff zu lenken, sondern drang in die Gedanken des Seemannes ein und veranlasste ihn, die Geschwindigkeit um ein paar Knoten zu erhöhen. Es war ein erhebendes Gefühl, auf dem dunklen Meer quasi das riesige Schiff zu lenken, in dessen Kabinen finnische und russische Brummifahrer und ein paar Touristen schliefen und auf dessen Autodeck Pkws und Dutzende Fernlaster standen, dazu zwei schwarze Leichenwagen mit Zinksärgen in ihrem Inneren, und in den Särgen lagen die erkalteten Leichen zweier deutscher Kriegsveteranen. Und die wiederum hatten als Folge der Obduktion im Bauch lauter Watte.

Mit stolz erhobenem Bug brauste die Autofähre in der Sommernacht der deutschen Küste und Rostock entgegen. Sulo Auvinen beschloss auszuprobieren, ob es ihm gelingen würde, den Steuermann so zu beeinflussen, dass der seinen Wünschen entsprechend den Kurs änderte. Er hatte Lust, mit dem riesigen Schiff ein wenig zu spielen. Als kleiner Junge hatte Sulo Schiffe aus Borke geschnitzt und in Pfützen schwimmen lassen. Jetzt verfügte er über eine große Autofähre, und groß war auch die Aufgabe, in der er unterwegs war. Die Kindheit lag weit zurück, jetzt spielte er die Spiele großer Jungs. Chef des Spiels war ein ehemaliger Mörder und jetziger Teufel.

Sulo Auvinen staunte selbst über seine geistigen Kräfte, denn der Steuermann befolgte tatsächlich seine Kommandos. Das Schiff änderte den Kurs zuerst Richtung Backbord, dann Richtung Steuerbord, ganz so, wie Sulo es wollte. Vielleicht war der Grieche ein frommer Mann, Griechenland ist ein katholisches Land, in dem die Leute streng gläubig sind. Auf so einem Boden fruchteten die Befehle des Schutzengels gut. Der Teufel lachte zynisch über diesen Gedanken des Engels.

Der alte Mann wurde kindisch. Das Schiff kurvte abwechselnd nach steuerbord und dann wieder nach backbord. Das Tempo war ganz unglaublich. Den Teufel schauderte es, und er verspürte Reue. Sulo Auvinen war zu weit gegangen. Rauno Launonen war ein Mörder, aber er fürchtete um sich selbst, und obwohl er schon vor langer Zeit gestorben war, half ihm das nicht. Mörder sind empfindlich, Teufel noch empfindlicher.

Sulo Auvinen genoss dieses schreckliche Spiel unendlich. Er vergaß völlig seine Aufgaben als Schutzengel und konzentrierte sich nur noch auf das Kurven des Schiffes. Die Diesel dröhnten mit rot glühenden Kolben, und immer wieder legte sich das Schiff in den schärfsten Kurven bedrohlich auf die Seite. Der Steuermann starrte mit glasigen Augen aufs dunkle Meer, auf dem hin und wieder die Lichter eines Leuchtturms oder eines Handelsschiffes blinkten.

Die übrige Besatzung der Fähre schlief in ihren Kabinen, doch das ungewöhnliche Verhalten des Schiffes ließ sie aus ihren Kojen springen. Aber es war schon zu spät. Im Maschinenraum hatten sich die superstarken Diesel so weit erhitzt, dass der Deckel des dritten Zylinders explodierte und wie eine Kanonenkugel an die Decke flog. Die Umdrehungen sanken auf ein Drittel, überall breitete sich Rauch aus, das Schiff ließ sich nicht mehr steuern. Durch das Dröhnen kam der griechische Steuermann endlich zur Besinnung. Auch Sulo Auvinen war erschrocken über das, was er angerichtet hatte. Er verließ die Kommandobrücke und flog aufs Meer hinaus. Der Steuermann folgte ihm, aber da er kein Engel war und nicht fliegen konnte, nahm er auf Deck Anlauf und sprang wie ein Panther über die Reling. Aus dem Dunkeln war gedämpftes Platschen zu hören, als der verhexte Seemann auf dem Wasser aufschlug.

Rauno Launonen fürchtete sich zu Tode. Eine so schreckliche Situation hält nicht mal ein Teufel aus, dachte er bei sich. Weil auch die Teufel nicht fliegen können, krabbelte er aufs Dach der Kommandobrücke und ließ sich von dort geradewegs ins dunkle Wasser fallen. Ein trauriges Glucksen berichtete davon, dass schon das zweite Wesen von dem Gespensterschiff in die Wellen gestürzt war.

Die Autofähre schlingerte ungebremst vorwärts, der verschlafene Kapitän und seine Offiziere bekamen sie nicht mehr unter Kontrolle. Superfast hatte längst die sicheren Gewässer verlassen und wankte mit der Kraft zweier Zylinder auf eine Sandbank zu, vielleicht war es auch eine Insel oder Küste, das ließ sich in der nächtlichen Dunkelheit nicht ausmachen. Schließlich donnerte die Fähre aufs Land. Der Bug hob sich, und der Rumpf legte sich fast auf die Seite.

Manchmal kippen sogar Schiffe um. Das Schiffsspiel von Schutzengel Sulo Auvinen hatte ein katastrophales Ende gefunden. Zwar war es nicht zu einer Wiederholung des schrecklichen Unglücks der *Estonia* gekommen, aber bei Morgengrauen konnte man sehen, wie weit die riesige Autofähre den Bug in den Ufersand gebohrt hatte. Sie befand sich in gefährlicher Schräglage.

Die Passagiere wurden noch in der Nacht im Licht der Schiffsscheinwerfer an Land gebracht. Die Mannschaft half den Frauen und Kindern. Mit einem Kran wurden Wasser und Essen und stapelweise Decken ausgeladen. Es gab auch Verletzte, aber niemand hatte ernsthafte Schäden davongetragen. Als das Schiff am Ufer aufgelaufen war, war die Geschwindigkeit schon so gering gewesen, dass Passagiere und Mannschaft mit blauen Flecken davongekommen waren. Aaro Korhonen hielt sich den Kopf. Er hatte das Gefühl, eine neuerliche Gehirnerschütterung erlitten zu haben, er war mit dem Kopf an die Kabinenwand geschlagen, als das Schiff aufs Ufer stieß. Nun, er hatte schließlich schon Erfahrung damit, dass sein Schädel ab und zu durcheinandergeriet.

Auf dem Autodeck waren die Fernlaster von ihren Plätzen gerollt und gegen die Schiffswände geschlagen, viele waren umgekippt und schwer beschädigt. Lindells Leichenwagen hingegen standen fest angekettet an Ort und Stelle, allerdings auch sie in gefährlicher Schräglage. Die Zinksärge in ihrem Inneren waren an die Wand gerutscht, aber sonst schien alles in Ordnung zu sein.

Am Himmel brummten Hubschrauber, einer war aus Schweden gekommen, die anderen aus Tallinn und Turku. Es stellte sich heraus, dass die Havarie in estnischen Gewässern stattgefunden hatte. Die Autofähre war am Westufer der Insel Hiidenmaa in der Nähe des Dorfes Mölky gestrandet. Helfer eilten herbei, sie brachten Käse und estnischen Schnaps, Viru Valgea, mit. Sie bestaunten das imposante Bild, denn wann kommt es schon mal vor, dass ein zweihundert Meter langer Koloss mit der Schnauze im Ufersand liegt wie ein riesiger Wal, bereit zum Ausnehmen.

Ein Teil der Passagiere, sämtliche Familien mit Kindern und die Touristen, wurde mit Hubschraubern in Tallinner

Hotels und zur Untersuchung in die Klinik gebracht. Am Vormittag kamen zwei Rettungsschiffe angebraust. Die finnischen und russischen Brummifahrer kümmerten sich um ihre Laster. Viivi Ruokonen und Ritva Nuutinen hätten ebenfalls mit den Hubschrauben nach Tallinn fliegen können, aber sie wollten bleiben und den Männern helfen, die Leichenwagen samt Leichen aus dem Schiff an Land zu bringen. Das war durchaus keine Kleinigkeit.

Auf Kosten der Versicherung der Reederei wurden mehrere Männer aus dem Dorf beauftragt, aus Balken und Brettern eine Fahrbrücke zu bauen, die von der Bugklappe des Schiffes über den Sand hinweg bis auf die Dorfstraße, die sich am Ufer entlangschlängelte, führen sollte. Aber zuerst mussten die Leichen der deutschen Feldwebel ans Ufer getragen werden. Für den Transport der schweren Zinksärge waren acht Mann erforderlich. Der Anblick war irgendwie feierlich. Besatzungsmitglieder, Aaro und Oskari sowie ein paar Männer aus dem Dorf trugen die Feldwebel unter tiefem Schweigen zur Uferstraße. Die Begräbnisstimmung wurde noch verstärkt durch das im flachen Wasser liegende riesige rot-weiße Schiff, dessen Bugklappe aufgerissen war wie ein gewaltiger Schlund. Drinnen auf dem Autodeck dröhnte Metall, dort versuchte man, die Lastwagen aufzurichten.

Schutzengel Sulo Auvinen flog ängstlich seine Runden über all diesem Elend. Wieder hatte es ein Missgeschick gegeben. Wie hatte er sich nur derart zum Spiel mit dem Schiff hinreißen lassen können, sodass dieses Unglück geschehen konnte? Es war, als würden ihn sämtliche Geister des Bösen verfolgen, wobei das Engeln eigentlich nicht passieren dürfte. War es vielleicht einfach so, dass er unter einem unglücklichen Stern geboren war? Alles, was er aus

gutem Herzen in Angriff nahm, schien in einer Katastrophe zu enden. Wo war überhaupt der griechische Seemann geblieben?
Für den nächsten Abend wurden zwei Schwimmkräne erwartet, einer aus Kiel in Deutschland und der andere aus Gdynia in Polen, mit denen die Fähre wieder aufs Meer hinausgezogen werden sollte. Der Rumpf war heil, die Gesamtschäden allerdings enorm.
Das Küchenpersonal von Superfast eröffnete am Strand zunächst eine Bar und dann ein provisorisches Feldrestaurant, Geschirr und Gerätschaften wurden mit einem Kran vom Sonnendeck abgeladen. Da die Schiffsküche zu schräg lag, konnten dort keine Speisen mehr zubereitet werden, also entzündete man am Waldrand mehrere Lagerfeuer und kochte dort das Essen. Der Dorfschmied von Mölky schweißte mehrere lange Eisengitter, auf denen die Köche delikate Steaks grillten. Aufschnitt, Salate und diverse Getränke wurden auf langen Tischen serviert, die die Dorfbewohner zusammengezimmert hatten.
In der Nacht schien der Vollmond. Die Stimmung war eigenartig: Aus den Tiefen des havarierten Schiffes ertönte Gepolter, denn dort bauten Männer aus dem Dorf im Scheinwerferlicht eine Bretterbrücke. Die russischen und finnischen Brummifahrer benutzten auf dem Autodeck Kräne, um ihre kreuz und quer durcheinandergerutschten Laster wenigstens halbwegs zu ordnen. Aber das war schwierig, denn das Autodeck war schief wie das Dach auf dem Haus eines Neusiedlers.
Die ganze Nacht lang hallten Arbeitsgeräusche über den Strand. Es herrschte reger Hubschrauberverkehr, Werkzeug sowie weitere Decken und Zelte wurden abgeladen.

Gegen Morgen wurde der tote griechische Seemann angetrieben. Die Leiche schwamm mit dem Gesicht nach unten im flachen Wasser und wurde erst entdeckt, als die Leute aus ihren Decken und Zelten krochen und zur Morgentoilette an den Strand gingen. Es tat Schutzengel Sulo Auvinen weh, mit anzusehen, wie der ertrunkene Seemann an den Waldrand getragen und mit einer Plane zugedeckt wurde, bis ihn ein Hubschrauber abholen würde.
Sulo Auvinen bekam bald anderes zu bedenken. Der Teufel hatte sich schwimmend zum Unglücksort aufgemacht. Er wollte Schutzengel Sulo Auvinen treffen, denn er hatte ihm ein Angebot zu machen, das dieser nur schwer würde ablehnen können.

26

DAS VERLOCKENDE ANGEBOT DES SATANS

Schutzengel Sulo Auvinen sah schon von Weitem, wie aus dem Wald ein zottiger Mann hervortrat, der mit einem nassen schwarzen Wollpullover und Stiefelhosen bekleidet war. Zunächst blickte er aufmerksam um sich und setzte sich schließlich auf den Zinksarg eines der deutschen Kriegsveteranen, um die Füße auszuruhen. Sein Gesicht war Sulo Auvinen irgendwie bekannt. An allem war zu erkennen, dass dort der Teufel persönlich saß.

Sulo Auvinen flog zu ihm und ließ sich auf dem anderen Sargdeckel nieder. Er ahnte, dass der Teufel ein Anliegen gerade an ihn hatte. Sie saßen sich Auge in Auge auf den Sargdeckeln gegenüber. Sulo fragte:

»Sie dürften der Teufel in eigener Person sein, nehme ich an?«

»Und Sie sind Schutzengel Sulo Auvinen.«

Engel und Teufel gaben sich nicht die Hand, sie pflegten keinerlei freundschaftlichen Kontakt, hatten nichts weiter gemeinsam, als dass sie beide tote Finnen waren.

Rauno Launonen musterte beifällig den Unglücksstrand.

»Sie sind ja wieder mal ordentlich zu Werke gegangen, man kann ihre neueste Leistung nur bewundern. Ein wirklich beachtlicher Schädling, das muss gesagt werden.«

Er erklärte, dass er Sulo Auvinens Wirken den ganzen Frühling und Sommer hindurch verfolgt habe, von dem Moment an, da man Sulo zu Aaro Korhonens Schutzengel ernannt habe. Zuletzt sei er mit auf dem Schiff gewesen, habe von dort ins Meer abtauchen müssen und sich nur mit Mühe schwimmend an den Strand retten können. Die Teufel besaßen gute Geheimdienstinformationen sowohl über die irdischen als auch die himmlischen Angelegenheiten. Sonst könnte der Kampf zwischen Gut und Böse nicht funktionieren, das Gute würde den Sieg davontragen. Zum Glück gebe es in der Hölle massenhaft fähiges Spionagepersonal und mehr bösen Willen, als manche glauben würden. Trotzdem sei man stets an weiteren kompetenten und fähigen Kräften dieser Art interessiert, und deshalb sei er, Launonen, nach Hiidenmaa gekommen. Sein angestammter Standort sei Feuerland an der äußersten Spitze von Südamerika.

»Wie Sie aus dem Namen dieser Insel, Hiidenmaa, Land der bösen Geister, schließen können, gibt es hier noch mehr von uns. Aber die Hölle befindet sich nicht nur auf Hiidenmaa, sondern es gibt Stützpunkte überall auf der Welt. Auch in Finnland haben wir Zweigstellen in *Hiidenvesi,* dem Gewässer der bösen Geister, und *Helvetinkolu*, dem Höllengeröll, zum Beispiel. Ich musste in den 1950er-Jahren nach Feuerland, weil in der dortigen Hölle ein Mangel an hartgesottenen Mördern herrschte. Ich habe den Militärputsch in Chile und Argentinien mit angeheizt. Ich will mich nicht selbst loben, aber wir haben dort wirklich Böses bewirkt.«

Sulo Auvinen musterte sein Gegenüber. Es lief ihm kalt den Rücken herunter, wenn er daran dachte, welche Verbrechen dieser Mann zu Lebzeiten begangen hatte. Aber noch härter traf es ihn, als der Teufel aufzählte, was er, Sulo, als Schutzengel alles bewirkt hatte.

»Man muss sich wundern, dass Aaro Korhonen überhaupt noch am Leben ist«, sagte Launonen lachend. Dann sagte er, dass er viele von Sulos Taten regelrecht genossen habe. Gleich der erste Fall in Ostbottnien habe seine Aufmerksamkeit erregt. Da lässt ein Engel am helllichten Tag einen Leichenwagen verunglücken, verstreut Literatur auf dem Acker und fährt ein teures Auto zu Klump!

»Und dann das Ding, wo ihr beinah ein unschuldiges junges Mädchen getötet hättet, das war wirklich eine fabelhafte Leistung. Schade nur, dass die Kleine ins Krankenhaus kam, trotzdem war das Endergebnis nicht zu verachten, man ist ja schon für Kleinigkeiten dankbar.«

Teufel Rauno Launonen bemühte sich um einen spöttischen Unterton, als er von Fräulein Nuutinens Einzug und von dem schrecklichen Brand in der Mechelininkatu sprach.

»Nicht mal mir wäre eingefallen, mich dieses Helfers zu bedienen, dieses … wie hieß der Schmierfink doch gleich …«

»Jani Vottonen.«

»Genau das war der Name, und bei der Missetat gab er den Geist auf. Macht jetzt als Teufel mit kleinen Jobs in der Hölle weiter.«

Launonen konnte nicht länger ernst bleiben, er brach in ein wieherndes Gelächter aus, als er auf eine der letzten Begebenheiten zu sprechen kam.

»Und dann das Zugunglück, das war eine wirklich professionelle Performance, entschuldigen Sie, aber wir Teufel fanden, dass Sie für jede x-beliebige Terrororganisation einen prima Kämpfer abgeben würden.«

»Es war ein pures Versehen und durchaus nicht beabsichtigt«, verteidigte sich Sulo Auvinen. Das Gelächter des Teufels stieß ihn ab. Er sah Rauno Launonen mit kaltem Blick in die Augen. Der mäßigte sich, konnte sich aber nicht verkneifen, noch das Mittsommerfest auf Rääveliholm mit Feuer und allem Drum und Dran lobend zu erwähnen.

»Und dieser letzte Vorfall sucht weltweit seinesgleichen. Sie haben es tatsächlich fertiggebracht, ein ganzes Schiff mit Passagieren und Mannschaft und allem Inventar zu kapern. Diese Begabung haben nicht mal viele Teufel, geschweige denn ihre gewöhnlichen Handlanger. Sie sind fantastisch!«

»Was wollen Sie von mir, dieses Gespräch gefällt mir nicht.«

Der Teufel wurde ernst. Er sah Sulo Auvinen vertrauensvoll in die Augen, senkte die Stimme und flüsterte:

»Ich habe die Aufgabe, Sie zu fragen, ob Sie die Seite wechseln möchten. Wir hätten viel Arbeit für Sie, und Ihre Begabung wird bei uns hoch geschätzt.«

Schutzengel Sulo Auvinen schnappte nach Luft. Wenn er richtig verstehe, habe man ihm soeben ein Arbeitsangebot gemacht, sagte er.

»Sie haben das sehr richtig verstanden. Wir sind in der Lage, Ihnen eine Position und Vorteile zu gewähren, wie sie nicht viele Finnen nach ihrem Tod geboten bekommen. Dies ist ein Angebot, das Sie nicht ablehnen sollten.«

Sulo Auvinen war verwirrt. War das jetzt ein Scherz, irgendeine schmutzige Posse, oder meinte dieser ehemalige Verbrecher und heutige Teufel tatsächlich, was er sagte?

Das bedeutete ja, dass man dabei war, aus ihm, Sulo Auvinen, einen Vaterlandsverräter zu machen, oder eher einen Himmelsverräter, was noch widerwärtiger war. Aber andererseits … Die vielen Privilegien und die große Macht lockten, das musste er zugeben, und hatte er es denn im Himmel wirklich gut? Er, ein wohlmeinender alter Mann, war gleich zu Beginn vom Engel Gabriel in die Mangel genommen worden.

Der Teufel merkte, dass sein Angebot die Gedanken des Engels in Aufruhr versetzt hatte. Er sagte, dass er die Antwort nicht sofort verlange, Sulo solle sich Zeit lassen. Man werde ihn nicht unter Druck setzen und überreden, das gute Angebot anzunehmen. Wenn die Antwort negativ ausfalle, werde man das akzeptieren, aber wenn Auvinen einwillige, das höllische Amt zu übernehmen, dann habe man wirklich Grund für ein großartiges Fest.

»Ich sage offen, dass bei der jetzigen himmlischen Arbeit Ihre fantastische Begabung brachliegt, aber in der Hölle werden Sie gebraucht. Ein erstklassiger Schädling wie Sie wäre mit Arbeit ausgelastet bis zum Weltuntergang.«

27

DER GROSSE KAMPF DES SCHUTZENGELS

Am dritten Tag nach der Havarie wurde die Balken- und Bretterbrücke fertig, die aus dem Inneren der Fähre aufs Festland führte. Aaro Korhonen und Oskari Mättö setzten sich in die Leichenwagen und fuhren langsam und mit angehaltenem Atem vom schiefen Autodeck hinunter. Die Zinksärge der deutschen Kriegsveteranen wurden wieder eingeladen. Teufel Rauno Launonen schlüpfte zu Aaro Korhonen in den Wagen und setzte sich rittlings auf den Sarg. Weil der Teufel keine Flügel hatte wie ein Engel, war er gezwungen, sich unterwegs zu dem toten deutschen Feldwebel zu gesellen. Er beabsichtigte nämlich, die Tour nach Berlin und wieder zurück nach Finnland mitzumachen. Nach Sulo Auvinens Meinung hätte der Teufel zur Hölle gehen können. Andererseits wäre es wohl gut, dessen Angebot näher zu prüfen. Dabei bot sich zugleich die großartige Gelegenheit, Informationen über die Welt der Teufel zu erhalten. Sulo glaubte die Mitnahme Launonens damit begründen zu können, dass er auf diese Weise willkommene Geheiminformationen über die Absichten der mittleren höllischen Führungsebene an den Himmel liefern konnte. Der Engel Gabriel würde sich bestimmt über diesen Kontakt und die daraus folgenden Verhandlungen und weiteren Informationen freuen, tröstete er sich. Er gestand sich nicht mal selbst ein, dass er sich auch für die teuflische Macht und all die Annehmlichkeiten interessierte, die ihm der Teufel versprochen hatte.

Die Fahrt begann. Schutzengel Sulo Auvinen erhob sich auf seine Schwingen. Zum Abschied warf er noch einen Blick auf den traurigen Strandabschnitt, auf dem die Rettungsarbeiten noch immer weitergingen. Der polnische Schwimmkran war bereits eingetroffen und ankerte auf einer provisorischen Reede, der deutsche wurde erwartet. Die vier Finnen fuhren zum Ostufer von Hiidenmaa und überquerten die Meerenge zwischen Insel und Festland mit einer Fähre. Estland hatten sie rasch durchquert, am Abend waren sie schon in Lettlands Hauptstadt Riga, wo sie an einer Neste-Tankstelle am Stadtrand tankten und zu Abend aßen. Der Teufel passte die Gelegenheit ab und schlüpfte mit Viivi zusammen aus dem Auto. Jetzt endlich hatte Sulo Auvinen die Idee, dass er Fräulein Nuutinen loswerden könnte, wenn sie und Oskari sich ineinander verliebten. Diesbezügliche Andeutungen hatte Oskari schon auf der Autofähre Aaro gegenüber gemacht, sodass die endgültige Regelung der Angelegenheit keine großen Schwierigkeiten bereiten dürfte.

Sulo erwähnte dem Teufel gegenüber nichts von seinen Absichten, sondern klinkte sich zunächst in Fräulein Nuutinens Gedanken ein und veranlasste sie, Oskari tief in die Augen zu sehen, und dann drang er rasch in dessen Schädel ein, damit Oskari den Blick wahrnahm. Es klappte auf Anhieb mit dem gegenseitigen Verlieben! Um Oskaris Auge begann der Muskel zu zucken. Auf der weiteren Fahrt umarmte sich das Paar immer wieder. An sich war das nicht weiter gefährlich, Oskari war ein erfahrener Leichenwagenchauffeur, aber es war dem Schutzengel ein wenig peinlich, wenn Fräulein Nuutinen dem Mann ihre gespitzten Lippen hinhielt in einem Fahrzeug, in dem ein deutscher Lapplandzerstörer-Feldwebel seine letzte Reise absolvierte. Nun, bald wäre man in Berlin, dann hätte der Tote vor den Verliebten Ruhe.

Von Lettland fuhren sie über Litauen nach Polen, und weiter ging die Fahrt auf den Straßen entlang der Südküste der Ostsee nach Rostock, wo die Reisenden übernachteten, am Morgen starteten sie in Richtung Berlin. Der Teufel fluchte über die Beschwernisse der Fahrt. Bei jedem Halt musste er aufpassen, dass er rechtzeitig vom Sarg herunterkam, damit er gleichzeitig mit Viivi zur Tür hinausgelangte, sonst hätte er zusammen mit dem Toten wer weiß wie lange im verschlossenen Auto ausharren müssen. Launonen empfand es als schreiende Ungerechtigkeit, dass die Teufel keine Flügel hatten, so wie die Engel. Worauf begründete sich eigentlich diese Regelung? Gerade die Teufel bräuchten Flügel, denn das Begehen von Missetaten ist ein ambulantes Gewerbe. Schutzengel Sulo Auvinen verkündete mit der Überzeugung eines alten und weisen Mannes, dass es der Wille des Schöpfers des Himmels und der Erde, also Gottes, sei. Dem Bösen seien von Anfang an die Flügel gestutzt worden, damit wenigstens irgendeine Art von Gerechtigkeit auf der Welt herrsche.

»Scheiße, von wegen! Uns hat nicht Gott, sondern der Satan geschaffen«, murmelte der Teufel.

In Berlin übergaben Aaro und Oskari die Toten an einen deutschen Bestatter. Der Teufel hatte jetzt mehr Platz in Aaros Wagen, aber nicht lange, denn Lindell hatte die Män-

ner gebeten, für die Rückfahrt zwei finnische Leichen zu besorgen. Die waren jedoch so auf die Schnelle nicht aufzutreiben. Aaro und Oskari hätten warten müssen, dass leidende Landsleute, die in dortigen Kliniken lagen, den Geist aufgaben und so Gelegenheit bekamen, in Lindells schwarzen Autos heimzufahren, um in der Heimaterde begraben zu werden.
Jetzt ersann Teufel Launonen eine gute Methode, sich bei Sulo Auvinen und seinen Leuten anzubiedern und so Sulos Abwerbung zu befördern. Er versprach, eine Fracht für die Rückfahrt zu besorgen. Und ehe Sulo Auvinen es verhindern konnte, tötete Rauno Launonen mithilfe seiner Handlanger zwei finnische Hobbyjäger, die sich in Rudenshalm, einem Schutzgebiet etwa Hundert Kilometer südöstlich von Berlin, auf der Wildschweinjagd befanden. Die Teufel bedienten sich einer wütenden Bärin, und die riss insgesamt drei Mitglieder der achtköpfigen internationalen Gesellschaft. Fünf konnten entkommen. Eigentlich hätten zwei Leichen gereicht, aber aus Versehen hatte die Bärin auch noch einen Tschechen getötet. Nun, Ende gut, alles gut, freute sich der Teufel.
Gleich am nächsten Morgen rief Lindell aus Helsinki an und erzählte von dem schrecklichen Unfall in Deutschland, bei dem eine blutrünstige Bärin drei Jäger gerissen hatte, zwei von ihnen waren Männer in mittleren Jahren, die aus Karkkila stammten. Er forderte Oskari und Aaro auf, für den Heimtransport der Leichen zu sorgen, die Rechnung bitte an die Versicherung.
Bereits drei Tage später konnten sie die Rückfahrt antreten, nachdem die vorläufigen Untersuchungen und die Obduktionen abgeschlossen waren. Während der Wartezeit be-

sichtigten sie die Sehenswürdigkeiten von Berlin und machten die Zinksärge transportbereit, befreiten sie von der Körperflüssigkeit der Feldwebel und desinfizierten sie, polierten die Glasfenster im Deckel, richteten alles her, wie es sich gehörte.

Rauno Launonen redete Sulo Auvinen listig zu, dass er, wenn er Gehilfe des Satans würde, die seltene Gelegenheit bekäme, viele berühmte Persönlichkeiten der Weltgeschichte kennenzulernen, die in der Hölle tätig waren und sich großer Wertschätzung erfreuten – zum Beispiel Hitler, Stalin und Tausende andere.

Sulo Auvinen interessierte sich nicht sonderlich für diese neuen Bekanntschaften, im Gegenteil, er wollte sich von diesen berühmtesten Übeltätern der Welt möglichst weit fernhalten, wie er sagte.

Um ihm den Seitenwechsel schmackhaft zu machen, malte der Teufel nun in glühenden Farben die neuen verheerenden Terrorakte aus, die Sulo als Mitglied des Führungsstabes mit planen dürfte. Gegen sie waren die Anschläge auf das World Trade Center vergleichsweise klein. Ganze Städte könnten mit chemischen Waffen zerstört oder Atombomben über ihnen abgeworfen werden. Zum Beispiel Tokio oder auch Berlin könnten dem Erdboden gleichgemacht werden. Wahrlich genügend teuflische Betätigungsfelder für einen Mann. Damit könnte er sich einen bleibenden Platz in der überirdischen Geschichte erarbeiten.

Als diese großartigen Aussichten Sulo Auvinen immer noch nicht bekehren wollten, zog Teufel Rauno Launonen schließlich in Stockholm seine letzte Trumpfkarte aus dem Ärmel. Sulo könnte seine geliebte Frau treffen und das Zusammensein mit ihr fortsetzen. Frau Auvinen war ja schon vor Jahren gestorben und weilte heute in der Hölle, wie Sulo bereits geahnt hatte.

»Denken Sie nur: Ihre Ehe geht auch noch nach Ihrem Tod glücklich weiter. Was könnte romantischer sein!«

Diese neue Aussicht jagte Sulo Auvinen einen solchen Schauder ein, dass er beschloss, die Verhandlungen ganz abzubrechen. Hatte es denn wirklich nicht gereicht, dass er mit dem eifersüchtigen, nörgelnden, Alkohol bechernden Weib fast fünfzig Jahre widerwillig zusammengelebt hatte? Unschöne Erinnerungen an das abscheuliche Verhalten seiner verstorbenen Frau kamen ihm in den Sinn. Sie hatte ihn hinter seinem Rücken verleumdet und als wüsten Schürzenjäger beschimpft. Oder sie hatte aus Wut das Gerücht in die Welt gesetzt, dass er ein Homo sei. Wie konnte ein Schürzenjäger ein Homo sein? Auch Inzestgerüchte hatte sie verbreitet. Gleich nach der Hochzeit hatte den jungen Ehemann fast der Schlag gerührt, als er die Cellulite auf ihrem breiten Hintern sah. Dazu hatte sie Hängebrüste, und sie stank aus dem Mund. Ihre Stimme war durchdringend und steigerte sich oft zu einem Kreischen, das an ein Geheul erinnerte. Mit zunehmendem Alter hatte sie angefangen zu schnarchen, und ihre Blase war undicht gewesen. Und jetzt schlug der Teufel vor, dass dieses Leiden weitergehen sollte, noch dazu in der Hölle?

»Kommt nicht infrage. Mein Zuhause ist der Himmel.«

28

SULO AUVINEN WIRD MIT NEUEN AUFGABEN BETRAUT

Die beiden Paare kehrten nach Finnland und in Aarettis Büchercafé zurück. Aaro schrieb Notizen über die ereignisreiche Reise, die Frauen machten belegte Brote zurecht. Oskari erzählte, dass er und Ritva auf der Rückfahrt Pläne für eine gemeinsame Zukunft geschmiedet hätten. Sie beabsichtigten, in Joensuu ein Bestattungsinstitut zu gründen, denn dort wohnten viele alte und sterbende Menschen. Lindell hatte bereits am Telefon seine Bereitschaft erklärt, Teilhaber des Unternehmens zu werden. Zunächst würde Oskari allein die Firma betreiben, Ritva würde nur am Wochenende von Lieksa nach Joensuu kommen, um die Leichen zu waschen. Wenn dann alles richtig angelaufen wäre, könnte Ritva ihre Arbeit als Lehrerin aufgeben und sich ganz der Aufgabe widmen, die Toten auf ihre letzte Reise vorzubereiten.

»Ich mag so gern Blumen und elegante Düfte!«, schwärmte Fräulein Nuutinen. Dann sah sie Aaro an und verriet:

»Stell dir nur vor, Oskari und ich verspürten an einer Tankstelle in Lettland beide gleichzeitig in unseren Herzen so ein seltsames Beben und wussten, dass wir zusammen gehören. Ich werde mich ewig an den Namen der Tankstelle erinnern, sie hieß Neste.«

»Ich fand es selber komisch, aber ich muss dir als meinem Kumpel eingestehen, dass ich seitdem ganz verrückt nach dieser Tante bin.«

Oskari stotterte ein wenig, als er das sagte, aber die Stimmung entspannte sich, als Aaro die Hand ausstreckte und dem Paar gratulierte. Viivi fragte, wann Ritva und Oskari heiraten würden.

»Jedenfalls nicht mehr in diesem Jahr, so haben wir es besprochen, wir müssen erst die Firma richtig zum Laufen bringen, dann wird man sehen«, sagte Oskari.

»Mindestens fünfzig Tote müssen durch unsere Hände gehen, bevor wir beim Pastor vorzusprechen wagen«, bestätigte Fräulein Nuutinen Oskaris Gedanken.

»Hundert Tote pro Jahr wären als Vorgabe in Ordnung, das ist im Wirtschaftsgebiet Joensuu durchaus kein unmögliches Ziel«, sinnierte Oskari Mättö hoffnungsvoll. »Aber in diesen Dingen muss man auf dem Teppich bleiben, man weiß nie, wann die Leute sterben und ob sie überhaupt sterben, will sagen, ob sie in unserer Firma landen.«

Viivi servierte Butterbrote und Ritva goss Tee in die Tassen. Es war richtig gemütlich, und besonders Schutzengel Sulo Auvinen war froh und erleichtert, dass wieder alles in Ordnung kam. Allerdings nagte an ihm die bange Frage, was der Engel Gabriel wohl zu diesem neuesten Vorfall sagen würde. Immerhin war ein ganzes Schiff verunglückt, und es hatte Tote gegeben. Aber letzten Endes waren alle Menschen sterblich. Sulo Auvinen hielt es sogar für möglich, dass der Engel Gabriel alias Unteroffizier Kalle Määttä an seinem himmlischen Arbeitsplatz noch gar nichts von den jüngsten Begebenheiten wusste.

In Kerimäki wusste man sehr wohl, wo der Schutzengel herumflatterte und was er bewirkt hatte. Am nächsten Morgen machte sich der Engel Gabriel eigenflügelig in die Mechelininkatu auf, um Sulo Auvinen zu treffen. Es war wieder mal Zeit, von Mann zu Mann, von Engel zu Engel miteinander zu reden. Der alte Flügelträger erschrak. Stand jetzt seine Entlassung bevor? Zweifellos hatten nicht alle Schutzmaßnahmen hundertprozentig geklappt. Wenn man es genau nahm, war manches Unternehmen sogar »höllisch« schiefgelaufen, obwohl Sulo diesen Ausdruck in offiziellen Zusammenhängen nicht verwenden wollte, auch wenn er im tiefsten Inneren so dachte.

Määttä und Auvinen flogen für ihr Gespräch auf den Friedhof von Hietaniemi und ließen sich auf Urho Kekkonens Grab nieder. Der Stein des ehemaligen Präsidenten war wie eine Bank, auf der auch zwei Engel gut Platz hatten.

Sulo Auvinen hatte diese Begegnung ganz umsonst gefürchtet. Der Engel Gabriel glättete seine vom langen Flug aufgeplusterten Flügelfedern und begann:

»Du, Sulo Auvinen, hast einen großen Kampf gegen den Teufel ausgefochten und bist als Sieger daraus hervorgegangen. Ich gratuliere dir.«

Gabriel erinnerte Sulo daran, dass beim Kampf zwischen Gut und Böse nicht immer alles so positiv lief wie beabsichtigt. Das traf auf Erden zu, aber auch bei ihnen im Himmel. So war das Leben nun mal.

»Ich habe mein Bestes gegeben«, murmelte Sulo Auvinen erleichtert.

So schlimm schien das Gespräch nicht zu werden. Der alte Mann war froh darüber. Ein Engel von mehr als achtzig Jahren legt keinen Wert darauf, ständige Missgeschicke zu ertragen. Das steht er nicht durch.

In Kerimäki hatte man beschlossen, Sulo Auvinen für neue, anspruchsvollere Aufgaben einzusetzen. Die Probezeit hatte gezeigt, dass er Zähigkeit und Fantasie, dazu die vielfältigen Erfahrungen eines langen Lebens und vor allem Tatkraft besaß. Gerade solche Leute wurden im Himmel gebraucht. Sulo sollte himmlischer Leiter des Schutzbereiches werden und somit für den Schutz aller Finnen verantwortlich sein. Ihm würden Tausend Engel unterstellt, die er schulen und denen er Schutzbefohlene zuweisen sollte. Er selbst brauchte jedoch nicht an der eigentlichen Basisarbeit teilzunehmen, wenn man sich dieses Begriffes hier in den Höhen des Himmels bedienen wollte.

»Mein Sohn, du bist standhaft wie unser Herr Jesus Christus, den der Erzfeind auf dem Berg in Versuchung führte. Jesus blieb fest, und das bist du auch geblieben. So etwas ist groß und schön. Das Gute besiegt stets das Böse, selbst wenn der Teufel noch so verlockende Angebote bereithält. Du bist letztlich ein guter Mensch und ein großartiger Engel.«

Gedankenverloren kam Rauno Launonen, der erfolglose Werber des Satans, an Kekkonens Grab vorbei. Er bot einen traurigen Anblick, wirkte enttäuscht. Kleine Eichhörnchen hatten sich an seine Hosenbeine gehängt. Tiere sehen mehr als Menschen, oder zumindest haben sie einen scharfen Instinkt. Rauno Launonen holte »Teufelsdreck« aus der Tasche, eine wirksame, althergebrachte Arznei, die er auf den Kiesweg streute. Die Eichhörnchen, der Nüsse überdrüssig, stürzten sich freudig darauf.

Die Engel begrüßten den Teufel, der erstaunt an Urho Kekkonens Grabstein stehen blieb.

»Du solltest für uns arbeiten«, sagte Gabriel sanft.

»Sicher würde es guttun, aber meine Natur widersetzt sich.«

Der Teufel schlurfte, von huschenden Eichhörnchen begleitet, in Richtung der Gräber des alten Friedhofsteils davon. Bitteres Schluchzen war zu hören, das Böse brach in Form von Tränen aus ihm heraus.

Aber bald erschien auf dem Kiesweg ein bekanntes Pärchen, Viivi Ruokonen und Aaro Korhonen.

Die beiden spazierten Arm in Arm. Aaro erzählte Viivi voller Freude, dass das Mädchen, das ihn aus Versehen in der Mechelininkatu angefahren hatte, demnächst im Antiquariat arbeiten würde. Oder sollten sie es so machen, dass Viivi das Antiquariat übernähme und das Mädchen das Café?

Viivi umarmte ihn.

»Ich bin total verknallt in dich.«

Sulo Auvinen sprach mit der zitternden Stimme eines alten Religionslehrers:

»Friede auf Erden und im Himmel, den Menschen und Engeln ein Wohlgefallen.«

Gabriel, der im Winterkrieg erschossene Unteroffizier Kalle Määttä, fügte hinzu:

»Auch rohe Kraft ist erforderlich, damit die Teufel nicht über die Stränge schlagen.«

29

REISEHILFE FÜR DEN TEUFEL

Unteroffizier Määttä flog nach Kerimäki. Sulo Auvinen blieb auf dem Friedhof von Hietaniemi und begab sich zur Nachtruhe. Er ließ sich auf dem Kreuz an Marschall Mannerheims Grab nieder, dort würde er zumindest eine Nacht lang schweben können. Als Offizier im Rang eines Leutnants glaubte er, sich diese Eigenmächtigkeit herausnehmen zu können.
Sulo setzte sich auf die Querstrebe des Kreuzes. Seine Flügel reichten fast bis auf die Erde hinunter. Nach den guten Taten dieses Tages würde ihm der Schlaf wohltun. Doch erneut erschien der Teufel, um die Friedhofsruhe zu stören. Der mehrfache Mörder Launonen trottete missgestimmt über den Kiesweg. Als er den Engel halb schlafend auf Mannerheims Kreuz entdeckte, eilte er erfreut zu ihm, um zu plaudern. Er erzählte, dass er eigentlich schon in Afrika sein müsste, genauer gesagt auf den Kapverdischen Inseln, von wo ein japanisches Frachtschiff nach Brasilien fahren würde. Von dort könnte er dann relativ leicht nach Feuerland gelangen. In Argentinien müsste er ein Pferd stehlen, um damit durch die Pampa bis ans Ziel zu reiten. Pferdediebstahl war kein Problem für ihn, den hatte er schon zu Lebzeiten praktiziert, wie er stolz berichtete.

»Wenn ich das Schiff nicht erreiche, gehen die Missetatspläne den Bach runter.«
Der Schutzengel bekam Mitleid mit dem Teufel. Als Wesen mit gutem Herzen überlegte er, wie es wäre, wenn er Launonen auf die Kapverdischen Inseln geleiten würde. Für einen Engel wäre das relativ einfach. Gabriel würde wohl kaum wegen des kleinen Transports zürnen. Und der Mörder wäre weg aus Finnland und könnte wenigstens hier nichts Böses anrichten.
Sulo Auvinen versprach, sich um die Organisation der Reise zu kümmern. Er wünschte Launonen eine gute Nacht. Der Teufel richtete sich im Abfallbehälter des Friedhofes zum Schlafen ein. Der Engel schwebte unter dem Kreuz des Marschalls.
Am Morgen stiegen sie in die Linienmaschine der Finnair nach Lissabon. Als sie sich im blendend hellen Licht über den Wolken befanden, sagte der Teufel gerührt:
»Selten gelangt unsereins in Himmelshöhen.«
In Lissabon stiegen sie um in eine Propellermaschine der Trans Air Portugal, die bis zum letzten Platz mit Kreolen gefüllt war. Die Inselgruppe der Kapverden war jahrhundertelang eine portugiesische Kolonie gewesen, erst Ende des vergangenen Jahrhunderts hatte sie ihre Unabhängigkeit erlangt. Besatzung und Passagiere des Flugzeugs sprachen Portugiesisch. Der Teufel fand sich gut zurecht, aber der Engel hatte Probleme. Er bat Launonen, der auf die Gepäckablage geklettert war, seine mehr als zehn Meter langen Flügel festzuhalten. Ächzend musste der Teufel die Federn an sich pressen, sodass ihm Flaum in die Nase kam. Er beklagte sich und sagte, dass er schon zu Lebzeiten so viel Nähe nicht ertragen konnte.

»Zum Glück haben die Engel keinen Schwanz wie die anderen Vögel. Diese verdammten Flügel machen schon genug Probleme.«

Die Reise war wirklich schwierig. Als die Maschine Gibraltar überflog und Afrika erreichte, zeigte der Teufel seinen wahren Charakter. Er schlug vor, dass Sulo Auvinen ihn in Ruhe ließe und wieder in die Heimat zurückflöge. Er, Launonen, glaube auf der restlichen Strecke allein klarzukommen. Die Notausgänge der Maschine befanden sich auf der Höhe der Tragflächen. Die Tür aufgemacht, und dann ein Sprung in die Wolken! Letztlich war eine Kumpanei mit dem Engel überhaupt nicht gut.

Sulo Auvinen widersprach. Er wollte nicht in fünf Kilometern Höhe die Maschine verlassen, denn die flog mit mindestens fünfhundert Stundenkilometer. Ihm könnten die Flügel abreißen, wenn er bei dem Tempo abspringen würde.

Der Teufel überlegte allen Ernstes, ob er den alten Flügelheini einfach rausschmeißen sollte. Was machte es schon, wenn sich ein Engel die Flügel abbrach, das würde den Oberteufel nur freuen.

Rauno Launonen hangelte sich in den Gang hinunter und zerrte Sulo Auvinen gewaltsam zum Notausgang. Dort saß eine rundliche Kreolen-Oma mit einem Baby auf dem Schoß. Vielleicht hatte sie mit ihrem Enkelkind in Lissabon Verwandte besucht und flog jetzt wieder auf die Heimatinsel zurück. Die Alte steckte dem Baby einen Schnuller in den Mund, aber das Kleine greinte, sehnte sich wohl nach der Mutter. Das machte den Teufel nur noch gereizter. Er riss die Tür auf, packte Sulo Auvinen mit harten Fäusten und versuchte ihn hinauszuschieben. Luft fegte herein. In der Kabine entstand Panik. Die Stewardessen forderten die Passagiere auf, sich anzuschnallen. Die Maschine verlor an Höhe. Sulo Auvinen widersetzte sich mit allen Kräften, aber ein alter Mann wie er war dem Teufel und seinen harten Fäusten nicht gewachsen. Der schob ihn mit Gewalt durch die Tür, und nachdem er einmal in Fahrt war, schleuderte er auch gleich noch die kreischende alte Kreolin und anschließend das Baby hinterher. Erst dann beendete er seine Mordtaten und zog die Tür zu.

Sulo Auvinen fiel wie ein Stein dem Atlantik entgegen. Er konnte noch sehen, wie die alte rundliche Oma mit hochgeschlagenem Rock aus der Tür sauste und fast im selben Moment auch das Baby. Der Teufel hatte seinen wahren Charakter gezeigt. Der Mörder war wieder auf den Geschmack gekommen.

Der Schutzengel breitete seine Flügel aus und versuchte, die schreiende Frau festzuhalten, aber sie war zu schwer. Im selben Moment stürzte ihm der kleine Wonneproppen entgegen. Er musste eine blitzschnelle Wahl treffen, ob er einen von beiden retten oder beide in den Tod stürzen lassen sollte. Er griff sich das Baby und nahm es unter den Arm, aber das hinderte ihn am Fliegen. Ihm blieb nichts anderes übrig, als die Zähne in das Windelpaket zu schlagen. Sein Gebiss klapperte unheilverkündend, aber es hielt. Nun konnte er sanft gleiten und den Flug stabilisieren.

Das Flugzeug war über alle Berge. Die schreiende Gestalt der alten Kreolin entschwand nach und nach Sulos Blicken. Er verringerte die Höhe, konnte aber nichts mehr ausrichten. Es war schrecklich, mit ansehen zu müssen, wie eine alte Großmutter in den türkisfarbenen Atlantik stürzte. Als die Unglückliche auf den Wellen aufschlug, knallte es wie bei einer Explosion. Eine riesige weiße Wassersäule zeigte die Stelle an. An der Meeresoberfläche bildete sich ein roter Blutteppich. Der Leichnam der alten Frau versank, und als Sulo Auvinen näher heranflog, sah er, wie sich von allen Seiten hungrige Killerhaie näherten. Sofort rissen sie den toten Körper in Fetzen. Die Lebensgeschichte der alten Frau hatte ein trauriges Ende gefunden.

Der Schutzengel hielt das Bündel fest in den Zähnen. Jetzt nur ja nicht den Mund öffnen, dann würde das Kleine hinunterfallen. Sulo Auvinen erinnerte an einen Klapperstorch aus dem Märchen, der einer Familie ein Kind brachte. Das Kleine weinte nicht mehr, sondern streckte die Händchen aus und lallte glücklich.

Sulo wandte sich gen Süden. Er hoffte die Kanarischen Inseln zu finden, dort könnte er das Kind lassen. Am Horizont sah er auch schon eine kompakte Wolke, aus der er schloss, dass sich darunter eine Insel befand. Nach einer Stunde Flug zeigte sich Land. Es war Lanzarote. Sulo Auvinen kannte die Gegend, er hatte auf der Insel mehrmals mit seiner Frau Urlaub gemacht und einmal auch mit einer netteren Dame. Er setzte seine teure Last vor der Tür der Hauptkirche in Lanzarotes Hauptstadt Arrecife ab.

Staunend betrachtete das Baby die Neugierigen, die sich sofort versammelten. Die Leute wunderten sich, woher das Paket auf einmal gekommen war, ganz so, als wäre es vom Himmel gefallen. Eine kräftige, ältere Frau löste sich aus dem Publikum, sie stellte sich schützend vor das Kind und nahm es mit geübtem Griff auf den Arm.

»Du brauchst Nahrung. Gehen wir nach Hause, ich habe eine Schwiegertochter mit großen Brüsten, sie hat vorigen

Donnerstag einen Jungen geboren. Auch für dich, mein Kleines, ist genug Milch da.«

Der Schutzengel beobachtete die Situation zufrieden. Das Kind hatte ein Zuhause gefunden, es hatte sein eigenes Leben vor sich.

Jetzt war keine Zeit, auf der Touristeninsel herumzulungern. Sulo Auvinen schwang sich auf seine Flügel und wandte sich nach Süden. Er beschloss, mit dem Teufel den endgültigen Kampf auszufechten.

»Jetzt gibt es keine Gnade mehr, verflucht noch mal.«

30

DER TEUFEL UND DER ENGEL IM AUGE DES STURMS

Es war bereits Abend, als der Schutzengel im Fischereihafen der Kapverdischen Hauptinsel São Vicente niederging. Der Teufel war schon da. Er gab sich anlässlich der erneuten Begegnung mit Sulo Auvinen freudig überrascht und versuchte sich damit herauszureden, dass die jüngsten Ereignisse ein pures Versehen gewesen seien. Er sei nicht so durch und durch schlecht, dass er Frauen und Kinder einfach mir nichts, dir nichts aus dem Flugzeug schmeiße.

»Na gut, glauben wir es, Versehen passieren schon mal.«

Rauno Launonen brannte darauf, das Schiff zu besteigen, die japanische MS *Maru Shinjugu*, deren Zielhafen Rio de Janeiro in Brasilien war.

»Nicht so hastig, lass uns erst die Startvorbereitungen treffen.«

Der Teufel beklagte, dass es im Hafen nach verfaultem Fisch stank, er sehnte sich nach dem frischen Wind auf dem Ozean. Feuerland wartete.

Sulo Auvinen machte sich daran, für Launonen besonders kräftigen Rückenwind zu fabrizieren. Man befand sich vor dem westlichen Afrika und im Einflussbereich der Sahara. Es war einfach, den Luftdruck so zu verstärken, dass aufsteigende Luftströmungen und unter ihnen Quellwolken entstanden. Die Folge war ein heftiges Gewitter, es donnerte, blitzte und goss in Strömen. Da die Luftmassen über der Meeresoberfläche heiß waren, stiegen sie rasch auf und wirbelten von West nach Ost, also im entgegengesetzten Uhrzeigersinn. Durch das Unwetter verstärkten sich die Luftströmungen noch mehr, und es entwickelte sich ein Sturm, der aufs offene Meer hinauszog. Zur selben Zeit verließ das japanische Frachtschiff den Hafen, um nach Brasilien zu fahren. Der Wetterbericht warnte nicht vor dem aufziehenden Sturm, den Sulo Auvinen gerade erst hatte entstehen lassen. Das japanische Schiff traf also keine Vorsorge, sondern fuhr hinaus im Vertrauen auf die früheren Wetterprognosen. Launonen huschte im letzten Moment an Bord, er kroch in ein Rettungsboot und versteckte sich unter der Plane. Sulo Auvinen flog über dem Schiff und behielt den draußen bereits wild tobenden Sturm im Auge.

»Es stürmt ziemlich heftig«, rief der Teufel, indem er die Plane lüftete.

»Das ist erst der Anfang«, antwortete Sulo von oben.

Sulo Auvinen fand es spannend, aus einem gewöhnlichen Gewitter einen richtigen Orkan zu entwickeln. Wenn der Luftstrom erst mal im Gang war, bewegten sich die Wirbel immer schneller, und gleichzeitig verbreiterte sich der Ring des rotierenden Sturms, eine Stunde später bedeckte er bereits dreißig Kilometer. In der Nacht verbreiterte sich das Zentrum des Sturms auf hundert Kilometer, die Windgeschwindigkeit stieg auf fünfzig Knoten. Die Wellen waren mehr als zehn Meter hoch. Im Zentrum des zu einem Orkan anschwellenden riesigen Kessels war es fast ruhig, es war das Auge des Sturms. Der Teufel lag im Rettungsboot, ohne Böses zu ahnen.

Im Morgengrauen wurde der Sturm so wild, dass die Wellen mehr als fünfzehn Meter hoch schlugen. Sie brachen sich an Deck des Frachtschiffes und zerrissen die Trossen, mit denen das Rettungsboot befestigt war. Das Boot wurde von den Wassermassen ins Meer gerissen, und mit ihm der finnische Teufel. Die Wellen warfen Launonens Boot hin und her. Der Teufel lugte unter der Plane hervor, er war vor Angst außer sich. Er beschwor alle existierenden Teufel, ihm zu Hilfe zu eilen, aber im tobenden Orkan waren keine hilfreichen Artgenossen zu sehen. Schließlich betete er sogar weinend zu Gott und zu Jesus. Auch sie eilten nicht herbei, um den Unglücklichen zu retten.
Sulo Auvinen schwebte über dem Rettungsboot, stolz wie ein riesiger Sturmvogel. Er bot einen prachtvollen Anblick, wie er da mit ruhigen Schlägen seiner schwarzen Flügel über dem tobenden Meer dahinglitt. Launonen weinte und redete auf ihn ein, die Winde zu beruhigen. Der Schutzengel kannte keine Gnade. Erst drei Tage später dämpfte er den Sturm, der inzwischen bereits die Karibik erreicht hatte.
Der Leichnam des Teufels wurde in einem kleinen Fischerdorf am Südufer von Haiti angeschwemmt. Das Rettungsboot war zerbrochen und verschwunden. Wenn Rauno Launonen schon lebend nicht gut ausgesehen hatte, so bot er zerschmettert und aufgequollen einen ganz furchtbaren Anblick. Nur an einem Fuß steckte noch ein vom Salzwasser aufgeweichter Stiefel, der große Zeh des anderen Fußes war gebrochen und traurig umgeknickt. Die Stiefelhose war heruntergerutscht, der rechte Arm hatte sich komplett selbstständig gemacht.
Die ortsansässigen Fischer bekreuzigten sich viele Male, als

sie den scheußlichen Kadaver auf der nahen Müllhalde zwischen den Fischabfällen vergruben, ohne dass sie es fertiggebracht hätten, die Behörden über den widerwärtigen Fund zu informieren.

Aarettis antiquarisches Büchercafé in der Mechelininkatu war wieder geöffnet, und oben auf dem Haus waren die Arbeiter dabei, das neue Blechdach anzustreichen. Oskari Mättö und Fräulein Nuutinen waren nach Joensuu gezogen. Wie es schien, wurde hier kein Schutzengel mehr gebraucht.

Viivi und Aaro planten einen Ausflug zur Ruskazeit in den Norden. Viivi stellte es sich toll vor, wenn sie in Lappland das Gold für die Ringe auswaschen könnten. In Savukoski gab es keinen Goldfluss. Dafür gab es jedoch den Ivalojoki und den Lemmenjoki. Über dieses Thema kam es zwischen den beiden fast zum ersten richtigen Streit.

Der Teufelstöter Sulo Auvinen drang in beider Köpfe gleichzeitig ein und versprach, im Värriöjoki tausend Kilo Goldsand auszustreuen. Für einen Engel, der höhere Positionen erreicht hatte, war diese Art Freigebigkeit ein Klacks.

»Das Goldfieber vom Värriö ist nur mehr eine Zeit- und eine Glaubensfrage.«

Sulo Auvinen beschloss, nach Kerimäki zu fliegen und sein Amt als Chef der Tausend Schutzengel anzutreten. Während er sich auf seine mächtigen Schwingen erhob, plante er glücklich, wie er den Schutz des finnischen Volkes im neuen Jahrtausend und vielleicht auch noch im nächsten regeln würde. Urlaub könnte er vielleicht irgendwann im Jahre 5000 machen, wenn überhaupt.

Als er sich über dem Friedhof von Hietaniemi in stolze Höhen schwang, entdeckte er zwei Engel mit weißen Flügeln, die gerade aus der Höhe herunterschwebten. Amalia Karhunen und Elsa Suhonen!

Das Wiedersehen war wunderbar. Alle drei setzten sich auf Kekkonens Grab. Ein wenig schüchtern sahen die Frauen ihren Fliegerhelden an. Was für eine Erscheinung, alles, was recht war. Sie äußerten eine persönliche Bitte:

»Wir sind gekommen, um dich zu unserer Beerdigung einzuladen. Sie findet morgen um 11.30 Uhr in Keikyä statt. Wir würden uns wünschen, dass du Zeit dafür findest.«

Gerührt und dankbar erzählten sie, dass die Leichen würdig gekleidet waren. Beider Augen seien geschlossen und auf den Wimpern ein wenig Mascara verteilt worden. Die Hände waren andächtig gefaltet.